時代おくれの男

過ぎし者ひとりごつ

小川 悟
Satoru Ogawa

もくじ

「死生」についての想い

「社会」についての想い

「教育」についての想い

日々のくらし

「時代おくれの男」になりきれず

表紙絵――藤城 信幸

違和感

プラス思考全盛の時代に

プラス思考か。

人が生きていくうちにはいろいろなことがある。こんな幸せが自分のところにいくつも来てしまっていいのだろうかと思うようなこともあれば、うつむいたまま言葉を発することさえできないようなこともある。そんなとき、起きてしまったことをくよくよ考えるのではなく、前向きに考えていった方がよい。そう考えるのがプラス思考だ。

確かに、それは私の経験の中にもある。教職に就いていた頃、とある学校で、私の発した指示に子どもたちが反応してくれないことがあった。私の指導に問題があるのか、それともこの集団に問題があるのか。悩み苦しむ日々が続いた。一日が終われば、酒を煽って寝た。明日はいいことがあるかも知れないと。

根本的な問題は解決されなかったが、前を向いて進んでいったことで、前の日より少しずつ気持ちが楽になっていったように思う。耐性ができつつあったのだろう。プラス思考をしていくことで、体の免疫力が高まり、病気などの回復も早まるという科学的なデータもあるそうだ。そのことは認めざるを得ない。

しかし、何か心にひっかかるものが残る。

私は、子どもの頃大変な泣き虫で、母親をとても困らせたそうだ。薄々覚えている。ただ、「泣けた」のは、悲しかったからではなく、悔しかったからだと記憶している。泣いて、泣いて、泣き切った方がすっきりして、その後立ち直っていったような気がする。泣き切らずに目をそらすことは、自分の正直な気持ちから逃げることではないか。ずっとそんな気がしていた。

四十歳を少し超えた頃だったろうか。子どもの体調が思わしくなく病院へ連れていくと、医師から呼ばれ、私と家内が特別な場所に連れて行かれた。医師は、娘が難しい病に罹っていると言う。気持ちが動転し、詳しい内容は忘れてしまったが、「治療を続け、本人が成人して、症状が現れなければ寛解（治った）したと言えるでしょう。」と言われたことは覚えている。

この言葉を真正面から受け取れば、私が退職した後もどうなるのか分からないということだった。親である我々二人もつらいが、本人はなおさらだろう。この子は、果たして仕事に就けるようになるだろうか。結婚はできるだろうか。そんなことが頭の中を巡っていた。

そんな折り、ふと立ち寄った本屋で一冊の本が目に留まった。『大河の一滴』である。作者の五木寛之は、「人生というものはおおむね苦しみの連続である。憲法で幸福に暮らす権利と健康な生活をうたっているのに、なぜ?と腹を立てたところで仕方がない。人が生きるということは苦しみの連続なのだ。」と言い切っていた。

救われた気がした。

人生が苦しみの連続であるなら、十年先だろうと二十年先だろうと、苦しみ続けていて当然である。もし、十年か二十年で今の苦しみが少しでも軽くなっていたのなら、そんな幸せはないではないか。生きる勇気が湧いてきたことを覚えている。

二度も自殺を考えたマイナス思考の五木寛之が生き続けている。そんな五木寛之に共感した男が、今ここにいる。

マイナス思考であってもいいじゃないか。

答えを見つけられず

自分の存在や生き方について考えるようになったのは、大学生の頃からである。昭和四十八年の四月に教員養成系の大学に入る。当時は大学紛争も下火になっていたが、それでも、学内には立て看板が並び、マイクを片手にアジっている学生がいた。同級生の中には、その仲間に入って活動していた者もいる。

私はと言うと、これは生来の性格からくるものなのか、育ちの中で培われたものなのか分からないが、ひとが勧める考えには素直に従わないタイプだった。アジっている学生の言葉などは、遠くから聞こえてくる街の音くらいにしか思えない。テレビのない四畳半の下宿に帰ると、やることはないから本でも読むことになる。

学内にある本屋で、『無常という事』や、『三太郎の日記』などを買い、書生のまねごとをする。後年『三太郎の日記』を開いてみると、「弱者はただその弱さを自覚するところに人生の第一歩がある」という所に傍線が引かれていた。その当時、すでに自分が弱者であることは自覚していたのであろう。専門とする体育指導とは全く関係なかったけれど、それはそれで充実していた。
夜は、仲間を求めて下宿巡りをし、青臭いことを言い合っていたように思う。どこの下宿にも、中島みゆきの『時代』が流れていた。

そんな時代もあったねと
いつか話せる日が来るわ
あんな時代もあったねと
きっと笑って話せるわ
だから今日はくよくよしないで
今日の風に吹かれましょう

いろいろなことをくよくよ考えながら生活していたから心に響いたのだろうか。当時は、講義を聞いているより、とにかく早く教員になって子どもたちを指導したいとばかり思っていた。

しかし、自分の存在や精神を形づくっている「もと」がどこから来ているのか、そのことについては、答えを見つけられずにいた。

考えてきたこと

くよくよ考え、泣き虫で、他人の言うことを素直に信じない。そんな人間が、どのようにして生まれ、育ってきたのか。

昭和二十九年五月十日、二千八百グラムで生まれて来たというから、それほど大きな子ではなかった。何しろ、良く泣いたそうだ。私は大人になってから、母が泣かない子どもを見るたびに、「この子は、ええ（いい）子だ。」と言うのをたびたび聞くことになる。察するに、相当親を苦しめた悪い子だったのだ。

保育園児の頃は、同年の他の子たちより頭一つ背が高かったので、自然と大将のような振る舞いをするようになる。同格の子とけんかをし、覇権を争っていたこともある。

小学校に入ってからも、そのような振る舞いは残っていた。話したいことがあれば、人前でも他人を制し、自分がしゃべりまくる。身勝手とは、このことだ。

ところが、なぜか中学校に入ってから変わる。そんな態度をとっていた自分が恥ずかしくなったのだろう。自我が芽生えてきたのだ。他人のことを少し考えるようになり、意識するようにもなった。くよくよと考える自分がいるということを感じ始めたのはこの頃だったかも知れない。「そうありたい自分」と「実際の自分」の間に何かがある。けれど、それが何か分からなかった。

一方、家庭内では、同年の子たちより少しばかりは自立していたと思われる。父は漁師で、その頃はキス網漁をしていた。朝三時頃には母とともに出かけていたので、当たり前のように、朝ごはんは妹と二人きりで食べ、学校へ行くことになる。休みの日の昼ごはんは、妹と二人でウィンナーを焼き、それに冷やっこを添えるというのが定番だった。

こんなこともあった。父と母が定時になっても帰らない。海が相手の仕事だから、何があるのか分からない。子ども心にも心配し、不安になっていた。もし、父と母が遭難し、妹と二人きりになったらどうなるのか。高校にも行きたいけれど、それもできなくなる。二人は、近所にいる伯母のところへ預けられるのだろうか。

幸いなことにその不安は当たらなかったが、いざとなったら、子どもでも自分で立つしかないという気持ちが固まっていったのは、この頃だった。

ほどなくして、近くの高校へ入る。もやもやしたものを抱えている自分は、それらとどう向き合っていったらよいか、その答えを求めていた。あれは、一年生の冬休み前のことである。何がきっかけだったか忘れてしまったが、座禅をすれば何か答えが見つかるかも知れないと思い、友達を誘って村にあるお寺の住職にお願いにあがった。住職が快く引き受けてくれたので、正月をはさんだ真冬の二週間、午前五時前から素足で座った。

大人になってからはさすがに泣き虫ではなくなったが、心配しないでもいいようなことを心配し、素早く切り替えることは苦手なままだ。自分本位で、他人の言うことを鵜呑みにしないこともそのままである。

社会生活を積み重ねていく中で、切り替えなければやっていけないことを覚え、他人の言うことも、とりあえず受け入れることを覚えていった。

ただ、本心は別のところにあるということも、自分自身がよく知っていた。

がむしゃらに走る

昭和五十二年。待ち望んでいた教員になる。この年は、日本赤軍によるダッカ日航機ハイジャック事件があった。時の総理大臣が、「人の命は地球より重い」と述べ、身代金の支払いと超法規的措置として、収監メンバーの引き渡しが行われた。何をもって正しい判断とするのか、自分の頭で考え始めていた。

各地の学校には「校内暴力」が増え始めており、初任地の中学校も例外ではなかった。それでも、子どもたちとのやりとりは楽しく、何とか目の前の子たちを真っすぐに育てなければという気持ちで取り組んでいた。

その頃の教員は、教員同士でよく喧嘩をした。放課（授業と授業の間）になると、とある教員が別の教員を全校放送で呼び出し、職員室で大声を上げて口論していることもあった。互いが、考えの違いに納得がいかず言い合う。私は、「そこまで言わなくても」と思いながらも、ただ耳をそばだてているだけだった。ところが、当の二人は、翌日登校前に喫茶店でモーニングを食べながら談笑しているではないか。二人の関係を心配していた自分は何だったのか。

初めて小学校へ赴任したときのことだ。市の中心部の学校で、保護者も教育熱心であった。「先進的な教育を」ということで、当時、運動会と学芸会という二大行事を廃止し、すべてを集会形式に替えたばかりだった。子どもたち自身が創り上げる会にしていこうというのがねらいである。ところが、一年たち二年がたつと、どうも子どもたちの行動にぴりっとしたものが感じられないことに気づいた。

子どもたちの意思を尊重することは大事なことだ。しかし、当の子どもたちは、まだ発達途上にある。時には、大人や指導者がくさびを打ち込んでやることも必要ではないか。運動会や学芸会のない学校に赴任したことで、二つの行事の本当の意義が分かった。

三十代前半は、部活動にどっぷり浸かっていた。勤めていたその中学校は小さな学校だったので、何をやっても大きな学校には勝てずにいた。

何か風穴を開ける方法はないか。

たどりついたのは、陸上競技を通して風穴を開けてみよう、だった。私が陸上競技の経験者だという、まさに教師サイドによる発想そのものだったが、とにかくやってみることにした。上司に懇願すると、通常行われている部活動の時間帯以外に、少しだけ特別の時間をとってもらえることになった。一対一の指導から始まり、次第に子どもたちの数も増えていく。かつてどこにでもいた監督のように、「俺についてくれば何とかしてやる。」と言っていたように思う。個人競技だったため、短い期間で県大会や全国大会に出場できるようになった。ただ、本当にこれが学校のため、子どものためになっているのだろうかという疑問は残ったままだった。

そんな頃、テレビから河島英五の『時代おくれ』という曲が流れていた。

目立たぬように　はしゃがぬように
似合わぬことは無理をせず
人の心を見つめつづける
時代おくれの男になりたい

目の前の仕事に追われ、夢中で子どもたちを指導してきた。小さい学校だったけれど、当初思い描いていたことも少しずつ実現してきた。

だが、ふと立ち止まってみた。もしかしたら、何か勘違いをしてきたかもしれない。
仕事優先で、自分をごまかしてきたのではなかろうか。

変化の中で

変わっていくもの

時代は、昭和から平成、令和へと流れる。時が移れば、人も変わっていく。昭和五十八年に結婚し、子どもたちが生まれた。父親になるということは嬉しかったが、母親が感じるものとは異なり、「少し距離を隔てた嬉しさ」だったような気がする。子どもが生まれるとき、産室には一度も入らなかった。

次女が生まれたときのことである。子どもは付き添いがいなくても生まれると思っていたので、普段通り部活動の指導に行っていたのだが、それが間違っていた。後々家内から、妻を気遣う気持ちが十分ではなかったと言われ、返す言葉がなかった。もし、その当時「なぜそのような行動をとったのか」と聞かれたならば、妻のことを人様に告げ、家族のことを優先して行動することは恥ずかしいし、憚《はばか》られたと言っていただろう。弁解の極みだ。

娘が三人生まれ、家族は七人となった。家族の形態が変われば、生活様式や考え方も変わっていく。どこの家庭でもあるように、我が家も子ども中心になった。母親は特にそうだったが、自分の生活の中心は、あくまでも仕事だった。

三十歳代の後半、大学の附属養護学校（現特別支援学校）に赴任するよう命じられた。それまで小学校も中学校も経験していたが、養護学校は未知の領域だった。発達段階で言えば、保育園児か入園前の子どもを教えるという感覚である。自分の子どもですら、排便の世話をしたことがなかった男が、赴任の日からはそれが日常となる。

こんなことがあった。学芸会の配役を決める会議の場である。劇の演目はすでに、『つるのおんがえし』と決めていた。心の中では主役をおおむね決めながら口火を切ったとたん、先輩教官からすかさず、

「そりゃあ、つるの役はK君だろう。」

と言う声が来た。K君は障害の最も重い子である。一瞬、劇ができるだろうかと思った。

実は、その養護学校には、劇の配役を決める際、あるルールがあった。主人公役は、学級の中で最も障害の重い子にすべしというものだ。

これまで経験してきた学芸会は、劇や演奏の内容をより見栄えよくしていこうとするものだった。成り行きとして、劇や演奏がより映えるような人選をすることになる。

しかし、その学校は違っていた。その子が劇の練習を通して本番までにどれだけ成長できたかを見ていただく。中には、言葉が出ない子もいる。障害の種類や重さは異なっても、劇を通して、「こんなことができるようになりました」と見ていただくのだと教わった。腹をくくるしかなかった。予行演習でできても、本番もその通りにできるという保証はどこにもなかった。

恐ろしかった本番の日のことである。K君は高さ十センチほどの階段を、足を継ぎ足し継ぎ足しして登り、三段登り切ったところで片手を天に向けて上げた。口元を広げ、にこっと笑っている。私と目が合ったような気がした。彼は学芸会の練習が始まる前、同じ高さの台を一段も登れていなかったのだ。舞台下では、両親が涙している。教員は芸をよりよく見せることを主眼とするのではなく、芸を通してその子の成長を知らせる。そんな原点を教わり、自分もわずかながら変化できていることを感じた。

時代は変化しつつあった。学校の外では、毎年お盆の映画館をにぎわせていた寅さんの『男はつらいよ』も終了が囁かれ、何か大事なものがなくなっていくような気がしていた。

変わらないもの

時を経て、社会が変わっていくと、価値観も変わっていく。

教育の世界では、「不易と流行」という言葉がよく使われるようになる。「不易と流行」とは芭蕉が説いた俳諧の理念であるが、教育界では、中央教育審議会でこの言葉が取り上げられてから、現場でも盛んに使われるようになった。時代を越えて変わらない価値のあるものも大事であるが、時代の変化とともに変えていく必要のあるものも大事にしていこうということだ。

こと教育だけでなく、世の中で起きる人の営みは、時に右に寄りすぎると左に戻りたがり、左に寄りすぎると右に戻りたがる。極端な波が続くと必ず揺り戻す波が来る。人々は、無意識のうちに長期的視点に立ってバランスをとっているのかも知れない。そのように考えると、「不易と流行」は、よくできた考え方である。

しかし、現場で直接教育に携わる人の立場に立ってみるとどうか。現実は、この言葉のようには動かし難い。

教育現場は、国が学習指導要領というものを示すので、それに則って指導がなされている。学習指導要領はおおむね十年ごとに改定される。それは、その時代に合った人材を育てていくためである。現場の教員は、その理念を念頭に置きながら指導していくが、ことはそう簡単なものではない。目の前には、理解の遅い子がいれば、簡単に理解してしまって退屈そうな顔をしている子もいる。生活が乱れ、ふてくされている子もいる。現場の教員は、目の前の子どもを育てるという「不易」を実践し、その時代に求められている「流行」を踏まえていると言いたいところであるが、果たしてそうか。

「不易」と「流行」を踏まえているふりをしているだけではないか。

私の心の中にわだかまっているものがあるのは、もしかしたら、生き方にひっかかるものがあるからではないかと思った。

本棚にあった『粗にして野だが卑ではない』という本の背表紙が目に入った。かつて読んだ本である。城山三郎の作品で、石田禮助の生涯を描いている。

石田禮助は第五代国鉄総裁。当時の国鉄は、従業員四十六万という巨大な組織であった。組合の力が強く、職員の士気は沈滞しているという難題を抱えていた。そんな中、数え七十八歳で総裁職に就いた。「粗にして野だが卑ではない」。初めて国会に呼ばれたとき、代議士たちを前にこの言葉を言ったという。石田は生涯、ほぼその言葉通りに生きた。

時代が変わると、人の行動や生き方も変わっていくものである。人は、変化に適応してきたからこそ、地球上で最も強い生き物となった。一方、私がこの時期、石田禮助の生き方が気になりだしたのは、自分が石田のようには生きられないことを自覚し始め、それでも、石田のような生き方を忘れてはいけないと考えたからだと思う。

揺れたり戻ったりするのが世の常ならば、その中には、揺れないものもきっとあるはずだ。石田は、揺れないものを自らの中に見出し、それを実践した。自分は、とうてい石田のような人物にはなれないが、石田に学ぶことはできるのではないか。

今なぜ「時代おくれの男」か

時代におくれること

歴史は、先駆的な人たちが新しい世界を切り拓き、作られてきた。「時代に乗る」とは、そうした先駆者たちが創り続けてきた新しい価値観に則った生き方と言える。それは、魅力のあるものであると同時に、人々を元気づけるものだ。だからこそ、人は、時代に乗り遅れまいと必死になる。

では、何をもって「時代おくれ」とするのか。

時は、時々刻々と変わる。今日の出来事は、明日には古い出来事になる。それは、一秒前と一秒先にも当てはまる。とすると、人は、時代に乗ったと思った瞬間、時代おくれになっている。そのことを繰り返しているのだ。

「時代おくれ」の「時代」とは、そうした物理的な時間感覚とは、少し違うと思う。こんな人たちがいる。

ＩＴ関係の仕事で起業し、「時代の寵児」と呼ばれた人たち。今よりずっと先の時代を見据えて会社を起こし、巨大な会社にした。ある意味では、まさに「時代に乗った」人たちであった。それは、価値あることであったし、社会に活力を与えたという点では評価もできよう。

他方、昔ながらのやり方を頑なに守り、伝統を引き継ぎながら何世代も同じような仕事を続けている人たちも数多くいる。両者を比べたとき、後者を「古い。」「時代おくれだ。」と言う人たちもいるが、本当にそうだろうか。

どちらも価値のある仕事をしている。

そうしてみると、「時代におくれたヤツだ。」と蔑むように言うのは、時代に乗っていると思っている人たちから見た言い方であり、自分たちが優位な立場にいることを示すものである。ならば、「時代におくれること」をそれほど卑屈なものと考える必要はない。現にアパレル業界では、時を経て、昔のものが新しいものとして蘇っている。世の中には、「時代おくれ」が最新のトレンドになっているものもある。

「時代おくれ」と言っても、そのくらいのことではないだろうか。

変化の根底にあるもの

人が行っていることは、変わってきているようで、実はそれほど変わっていないのではないか。二千年前にも、人は他部族と戦いながら、答えのない時代を生き抜いていた。戦国時代の武将が岐路に立たされたときの判断と、現代人が岐路に立たされたときの判断は、そんなに違いがあるとは思えない。

「甲斐の虎」と言われた武田信玄は、生涯を通じて、負け戦はわずか三戦しかなかったと言う。その信玄が信濃の村上義清に二度も大敗したときにとった行動は、戦の前に十分な準備をすることと、あらゆる策謀を駆使して「戦わずして勝つ」ことであった。戦国時代と現代で起きている事象は異なるが、その事象に対して人がどう判断し、どんな行動をとるのかは、それほど変わらないのではないか。だからこそ、「歴史に学べ」と言われるのだろう。

時代に乗るとか時代におくれるとか言ったところで、それは、ごく表面的なことのように思える。

人の行動だけでなく、自然の営みや人の世で起きていることについても同じことが言える。耐え難い冬であっても永遠に続くものではないし、気持ちのいい春も続いてくれない。最もはっきりしていることは、生きているものは必ず死ぬということだ。四季は移り変わっていくし、人も年とともに変わる。それを「変わる」と言えば変わると言えるのだが、四季が移り変わるという事実は変わらないし、人は必ず死ぬという事実も変わらない。「変わるもの」は、「変わらないもの」がその根底にあり、その上で変化しているだけではあるまいか。

その「変わらないもの」を本質と呼ぶのなら、本質はどこかにきっとある。目の前の現象や行動をじっくりと観察し、その現象や行動がどういったところから出てきたのかを考えていけば、本質に出会うことができるのではないか。

そう考えると、時代とともに変化することも大事だが、その変化の根底にあるもの、そこにある本質に目を向けていくことがもっと大事なのではと思うようになった。

今なお残っているもの

誰にも、第一線から退く時は来る。私の場合は、退職後しばらく嘱託の仕事をしてから、退くことになった。退いた後、人とのつながりが薄くなり、「世の中」とか「時代の流れ」というものは、このような節目で遠ざかっていくのかと感じた。

もう、「時代おくれの男」か。

そう思ってすぐに、「時代の流れ」を気にしている自分にも気が付いた。時代に乗ることやおくれることを気にしている。

私のように、第一線を退いてしまった人は、時代とどう向き合っていったらよいのだろうか。

退職後、地域の仕事をしているうちにひとつのヒントを得ることができた。地域の仕事というのは、地域のことを思う人の力で成り立っている。仕事の内容は時とともに変わってきているが、地域を思う人の力がなければ、よりよい地域づくりはできない。人がいればよいのではなく、地域のことを思う人が力になる。そこには、今なお残っているものがあった。

そうしてみると、今残っているものには、それが残っている理由があることに気づく。残っているものこそ価値があるのではないかと、「時代おくれ」に怯えつつあった男は思った。

「時代おくれの男」でいい。

そう思えたとき、違和感が消えていった。

混迷と言われている今だからこそ、「時代おくれの男」について考え、その男が考えていることを明るみに出し、この時代を切り拓いていく道筋を探ってみたい。

「死生」についての想い

人の力が及ばぬもの

運命という言葉が嫌いだった。

子どもの頃、自分では叶わないような場面に出会ったとき、いつも母が言っていた言葉が「運命」だった。人の運命が生まれたときから定まっているのなら、自分はこの先何をしても無駄ではないか。そんなはずはないと考えてきた。

ところが、青年期を過ぎ、五十代になった頃、なぜか「やっぱり運命というやつはあるかも知れない」と思うようになった。母親の言っていた「運命」に抗いながら自分の道を切り拓いてきたつもりだったが、ただひとつの器の中でもがいてきただけではなかったか。自分が生まれた瞬間、父でもなく母でもない自分ができ、そのとき、自分の器というものが決まる。母は、そのことを「運命」という言葉で言ったのかも知れないし、戦時中に青春期を過ごしてきた経験が、そう言わせたのかも知れない。

「運命」と同じように、人の力ではどうすることもできないものが、「死」である。

「死」については、高校生の頃から考えるようになった。祖父母は身近にいなかったので、身近な人の死を見て「死」について考えるようになったわけではないが、自分は何者かと問い続けるうちに、「死」という概念と向き合うことになった。

人は、「死」の恐怖を払拭するために「医学」や「宗教」を創り出してきた。医学の進歩により、若くして亡くなる人が減り、「死」は遠い存在になった。しかし、「死」がなくなったわけではない。また、世界にあるさまざまな宗教は、「死」との向き合い方を教え、心が穏やかになる時間をつくってくれた。しかし、「死」の恐怖を完全に取り去ってくれるものではなかった。

ただ、実感として言えることもある。

子どもという存在は、人を「死」の恐怖から救ってくれる。

私の場合は、初めて子どもが授かったときに、「遺伝子がつながった」と思ったし、孫ができたときには、「自分の遺伝子はこの先も続いていくのだろう」と思った。財産や形あるものはいずれ無くなるかもしれないが、血は引き継がれていく。そう思ったとき、「死」の恐怖は幾分薄らいだ。

それでも、人は、「死」そのものから逃げることはできない。

人は死後、どこへ行ってしまうのだろうか。

私を含め高齢者となった者は、深くは考えずとも、時に頭をよぎる問題である。キリスト教やイスラム教が、人は神の命令で復活すると言うが、私には信じられない。復活した人たちがどこにいるのだろうか。仏教には「輪廻」という考え方があるから、多くの日本人はどこか死者の行く場所があると思っているようだが、本当だろうか。お盆には先祖が帰ってくるというので、毎年盆の行事をしているが、本心でそう思っているわけではない。みんながそうしているからそれに習っているだけのような気がする。

迷ったときは、自分の実感と照らし合わせてみる。

身近な人が死んだとき、生きている人たちの周りに、その人がまだいるような気がした。とりわけ亡くなった直後はそう思いたかったし、目を閉じるとかつての姿が出てきた。死後の世界は、自分の身の回りに確かにある。四十九日まで死者の魂がそこにいるという感覚は、与えられた感覚ではなかったような気がする。ただその感覚も、家族や身近な人たちがみんな死んでしまったら、もうどこにもなくなってしまうのではないかと思う。

永遠の謎。死後の世界について、社会学者の橋爪大三郎は『死の講義』の中で次のように述べている。

「死んだらどうなるか自分で決めなさい。いつ死んでもよいように覚悟して生きる。これしかない」。

宗教を研究している学者の言葉が重く感じられるときがある。生きている人たちは、死という経験がない。経験できないものは、考えるしかないのだ。ならば、自分で考え、決めるしかない。

考えてみた。こんな世界があったらいいなあと思う。

家族がみんな一緒に暮らしている。そして、みんな笑っている。ただ、それだけでいい。

「無いもの」の価値

その男は、ついつい『般若心経』に目を留めてしまう。若い頃から特段信仰が厚かったわけではないが、年齢を重ねるにつれて『般若心経』が気になるようになった。退職後、西国三十三所巡りをしてきたせいなのか、それとも人生の終わりが視界に入ってきたせいなのか。

家内の実家を整理していたときのことである。和綴じの「全文毛筆書き・解釈付『般若心経』(石田行雲著)」を見つけた。亡くなった義父のものだと思う。そこには、これまでただ詠んでいただけの二六二文字の一つひとつに解説が添えられていた。高校時代に勉強した「倫理・社会」の教科書に再会した気分になる。

もとより『般若心経』は、悟りを開くために人間としていかに生きていくべきかを釈迦が弟子に教えているものだ。私は、その中にある『空』の概念が気になった。「色即是空」に代表される『空』。形として存在しているすべてのもの(色)には、永遠に継続するような実体などない（空）、と解説されていた。「無常」につながるものである。人が、この世のあらゆる存在や現象が実体のないものであると見抜いたとき、迷いの世界から悟りの世界へ到達できるとされている。いわゆる執着がない状態と言える。

我が身を振り返れば、未だ恨みも妬みも欲もある。それらは若い頃より少なくなってきたとは思うが、まだ自分の体にべったりと張り付いているような気がする。執着のない『空』というのは、人の理想郷である。

「無いもの」と言えば、老子の『無用の用』を思い出す。一見役に立ちそうにないものも、実際には大きな役割を果たしているという意味だ。「器」というものを考えたとき、器の中に空間があるから器としての役割を果たすが、空間がなければ器としては使えない。それは、「部屋」にも言える。空間があるからこそ部屋として使える。世の中を見渡してみると、「無いもの」が役立っているということは結構あることに気づく。

算数・数学の世界には、『零』の話がある。かつて『零の発見』という本を読んで、はっと思ったことがあった。

『0』（零・ゼロ）は、物事を因果関係でとらえるインド人が発見した。アラビア数字の『0』は、実際に無いものを『0』という記号（有るもの）で表している。アラビア数字の世界では、「無いというもの」が有るのである。

『空』、『無用の用の「無」』、『0』、いずれも「無いもの」である。「無いもの」が、無性に気になった。いろいろな経験を重ねてきたことで、目の前に見えるものや現物には、それを支えているものがあると気づくようになったからだろう。むしろ、支えているものを応援したくなっている。

「無いもの」の価値に、もう少し目を向けてもよいのではないかと思う。

「命」の重み

「命」について話が及ぶと、こんな話題がよく出てくる。

子どもに「なぜ人を殺してはいけないか」と聞かれたとき、どう答えたらいいでしょうか。

この件については、いつも明解な答えが見つからず、時に、話が哲学的になることもある。私が心の中でストンと落ちているのは、

「いけないからいけない」。

理屈を並べれば並べるほど詭弁になっていくのが常である。世の中には、理屈だけでは割り切れないものがあってもいいではないか。

とは言え、「命」の重みについて考えていくことは大切なことだと思っている。古今東西、そのことについてはいろいろな言われ方がされてきた。「この世に一つだけしかないものだから、何よりもかけがえのないもの」だと言う人もいれば、「人の命ははかないもので、何かのはずみで簡単になくなるもの」だと言う人もいる。

地球上にはたくさんの命があるが、自分の命はただ一つしかない。そして、その命も生まれた瞬間から消えていく道のりを歩む。「かけがえのないもの」というのは、そうした事実から出てきたものだろう。

私が最初に「かけがえのないもの」と感じたのは、四十歳を少し過ぎた頃であった。

父が胆管癌に倒れ、亡くなる直前は、一緒に食事をしていても目ははるか向こうを見ていたような気がする。生きていても、この世にいる存在なのか不安に感じた。

父が亡くなった夜は、父のそばに枕を置き、一緒に寝た。働き続けてきた父だ。戦後、シベリアに抑留させられ、仲間が次々と亡くなっていくのを間近で見てきたようだが、多くを語ることはなかった。その話は、こちらから聞いてはいけないようにも感じていた。帰国後、二回目の結婚で生まれたのが私である。漁師をしていた父は、収入が安定しているわけではなかったが、私と妹を大学に入れてくれた。亡くなったのは、私が管理職に近づいていた頃なので、父に少しはそれなりの姿を見せてあげられたらと思っていた矢先のことだった。「かけがえのないもの」を失ったと思った。


「はかないもの」だと感じた体験もある。

あれは、教え子の親が仕事中に高所から転落し、亡くなったことを本人に伝えなければならない時だった。そのことを自宅へ送る車の中で伝えなければならない。本人からすれば、信じられない話である。今朝いた父が違う姿になっている。本人の気持ちが分かるだけにつらかったが、事実はきちんと伝えなければならなかった。人の命は何とも「はかないもの」だと思った。

教え子の小学生には、こんなこともあった。

一日の学習を終えると、最後に「帰りの会」をする。その日の反省をしたり、明日の予定を確かめたりする。その子はいつものように笑顔で「さようなら」をした。まだ日が落ち切らぬ二時間後のことである。あの彼が交通事故にあったことを知り、病院へ駆けつけると、すでに帰らぬ人となっていた。シンナーを吸いながら保冷車を運転していた若者がその子をひいたという。やりきれなかった。人はこんなにも簡単に、こんなにも理不尽に亡くなっていくのかと思った。「はかないもの」だと思った。

人の命は重いものではあるけれど、重いからと言って、だれもがそのように思ってくれるわけではない。むしろ、人の命は、実にはかないものだからこそ尊いし、重いのではあるまいか。「かけがえのないもの」と「はかないもの」、この二つは、一見相反するもののようだが、そうではないように思える。

「命」の重みについて、もっと視点を広げて考えてみるとどうだろう。

人の立場で考えたとき、「人の命は重い」と考える。しかし、人も他の動植物も、地球上に存在する同じ生き物である。ならば、その存在そのものに軽重はないと思われる。道端にある植物は、何の言われもなく踏みつぶされることがあるし、小動物は、自分より大きな動物に襲われることもある。恐竜のような大きな動物は大丈夫かと言えば、その体を維持するだけの食料がなくなったとき死んでいったという歴史がある。生と死は、いつも隣合わせなのだ。

「命」は、いつどうなるのか分からない。それが今日かも知れないし、明日かも知れない。だからこそ、重い。

「恥」の文化

若い頃から、書店に行くと「日本人論」を手に取っていた。いろいろな日本人論を読むと、「恥」という言葉がキーワードになっていることが分かる。そこには、日本が「恥の文化」を重んじる国として書かれていた。

我が家は旧家でも何でもなかったので、生まれてこの方、「恥」について親から事細かに言われたことはなかったが、「人様に恥ずかしいまねをしてはいけない」という気持ちはずっとあったように思う。自分では気が付いていなかっただけで、知らず知らずのうちに親に躾けられていたのかも知れない。

「恥」について新たな出会いがあったのは、二十代後半のことである。結婚の報告をするため、職場の上司（小学校の校長）に挨拶に行った折、『甘えの構造』という本をいただいた。少し難しく感じたが、そこには「恥の文化」が語られていた。「恥の文化」とは、『菊と刀』を書いたルース・ベネディクトが、西洋を「罪の文化」の国とし、日本を「恥の文化」の国と類型化したことによる。専門家によっては異論もあったようだが、日本人である自分にとっては、おおむね納得するものだった。

しかし、平成から令和に入った今は、昭和以前にあったような「恥」の感覚は、だいぶ薄らいでいるような気がする。日常生活をていねいに振り返ってみた時にだけ、わずかながら「恥の文化」と共存しているという感覚がある。

日本の社会で不祥事が起きたとしよう。そんなとき、不祥事を起こした人と直接的な関係が薄いと思われても、その関係者が責任をとって辞職するというケースはよくある。こうしたことについて、『甘えの構造』の作者は、「これは、事実上の責任よりも連帯感を優先するものであり、それ故に不祥事を恥辱と感じ、自分は関係ないということはできない」からだと言っている。

昔は、「お天道様が見ている。」と言ったものだ。やましいことをしたとき、誰にも見られていないと思っても、実はやましいことをした本人自身は知っている。その本人自身のことを「お天道様」という表現で戒めたものである。「恥ずかしいことをしてはいけない。」と、暗黙のうちに言っている。

「恥の文化」は、このまま無くなってしまってよいものなのか。

平成の終わり頃から、アメリカに「自国優先」の風が吹き始め、協調の世界から分断の世界へと変わってきている。私が青年期に見たアメリカはもう少し尊敬に値する国だと思ってきたが、思い違いだったのかも知れない。移民でできた国が、正面から移民を否定するようになった。もちろん、それも政権によって温度差があると思うが、少なくとも半分近くの国民が移民を否定している。「自己否定」というのは、こういうことではないか。

恥ずかしくないのだろうか。

それに比べて、ヨーロッパの指導者たちの発言は、少しニュアンスが違う。アメリカの本家の国々であった重みが漂い、自己否定するような気配は感じられない。伝統の重みが、そうさせているように思える。

このように見てくると、「罪の文化」の国であっても、「恥」については、どこも同じ捉えをしているとは限らない。

欧米と日本の文化を比べてみたときに、異なる点がある。「罪の文化」の国においては、もめごとが起きたときは、おおむね裁判で決着させることが多い。人種のるつぼと言われるアメリカのような国においては、話し合いで解決できないことも多いから、裁判で法律に則って決着させなければ埒が明かない。そのことはある程度理解するが、日本人的に言えば、お互いが争う前にもっとすべきことがあったのではないかと思う。昔の日本人が「恥を知れ」と言ってきたのは、裁判一辺倒ではなく、人の心の中にある道徳心をもって接し、うまくやっていけということではないだろうか。

世界に「自国優先」が広がれば、好むと好まざるとに関わらず、それに対応していかなければならない。だからと言って、他国に合わせていればよいというものでもない。世は、グローバル化、複雑化している。日本は日本なりに主体性を持って世界に貢献していくことが求められる。

キーワードは、やはり「恥の文化」ではないか。今こそ、日本は、世界に冠たる「恥の文化」で、世界の国々を結びつける。それが世界に求められている日本の大きな役割ではないかと思う。

「平等」の深意

もし私が、「今の日本は平等の国であるか。」と聞かれたら、私は「まあ平等の国ではないか。」と答えるだろう。

「まあ」と言うには訳がある。

「平等」と言っても、いろいろな平等がある。結果を平等にしていこうとする結果平等主義と、機会を平等にしようとする機会平等主義。

今の日本にあるのは、機会平等主義である。それに対して、かつての社会主義国家は、結果平等主義を求めていた。すべての人が結果的に平等になるというのは、その当時の理想郷だったかも知れない。しかしながら、歴史が証明したように、人々はその理想のようには動かなかった。どんなに働いた人でもいいかげんに働いた人でも、結果が同じならば人は働かない。人は、結果が同じと分かっていれば退屈し、やがて無気力になっていくのだ。父は、戦後ソ連に抑留されたが、そこで見たものは「平等ではなく無気力だ。」と言っていた。その頃のソ連は、建前として平等であることになっていたが、実際には富める者もいたそうだ。

現在、機会平等主義に立っている多くの資本主義国家は、「少しでも豊かになりたい。」という向上欲求を生かしている国々と言える。人の本能を揺さぶるシステムであるからこそ、人々が活力のある行動をしていく。その意味では、今の日本は活力を生みやすい国の一つになっている。

ただ、「機会が平等に与えられている」と言っても、厳密に言えば、そうでないところもある。

例えば、自分の行きたい高校や大学があったとしよう。今の日本で言えば、その高校や大学を受験することは、おおむね可能である。私は漁師の倅であったが、漁師になるより、教員になることを希望した。その旨を父に伝えたところ、「教員になれるだけの力があれば何とかしてやる。」と言われ、奮起した。希望した大学に入学できたのは、機会の均等と家族からの経済的支援があったからだと思っている。その頃の自分には、それで十分だった。

しかし、世の中のことが少しずつ分かってくると、厳密に言えば「平等ではない」ことも見えてきた。受験に関して言えば、浪人は許されず一発勝負で受験する人もいれば、三浪して希望の大学に入る人もいる。最近の調査によれば、東京大学に入学した人は、他大学に入学した人たちより、小、中、高校の頃から、多くの教育的支援を受けてきた人たちが多いという。何も東京大学に入ることだけがすべてではないが、この一つをとってみても、皆がすべて同じ機会や条件のもとで受験しているのではないことは分かる。

「平等。」ではなく、「まあ平等。」と言うのは、こうしたことがずっと頭の片隅にあったからだ。

考えてみれば、一人ひとりの顔や姿が異なるように、その人の持っている能力も皆異なっている。平等ではない。端正な顔立ちをした人もいれば、物を見ただけですべてを理解できるような人もいる。百メートルを十秒で走ってしまう人もいれば、人の心を揺さぶるように歌える人もいる。中には、そのどれもができる人がいるかも知れないし、どれにも当てはまらない人もいるかも知れない。「なぜ」と問われても、生まれてきたときから既にそうなっているのだ。

したがって、そもそも「平等ではない」ことからスタートしていると言える。だからと言って、それがよいと言っている訳ではない。それを踏まえた上で、法のあり方や政治のあり方を考えていくことが肝要なのではないか。

戦後に生まれた男は考える。戦後とは言え、「もはや戦後ではない」と言われた頃に生まれた男の思いである。

平等という名の甘い汁もなめさせてもらった。この先のことを考えると、結果平等主義の生活は耐えられそうにない。できれば、機会平等主義をしっかりと堅持してほしい。ただ、絶対的な平等はないから、いろいろな問題やほころびが見えてくることだろう。持つ者と持たざる者との格差が今より広がっていくのかも知れない。

望むらくは、「平等」の深意を理解した人たちが増えてほしい。

「幸せ」はどこに

私の手元には毎月、日本自動車連盟から機関紙が届く。車に特別な興味をもっているわけではないが、連盟に加入しているとお得なことがあると聞き、長年加入している。その機関紙の巻頭に掲載されているのが、『幸せって何だろう』である。著名人が自分なりの「幸せ」について書いている。

毎回楽しみにして読んでいるが、読むたびに、「幸せ」という概念の広さに驚かされる。物理的に物が得られたことによる幸せもあれば、心が少しだけほんわかしたことによる「幸せ」、不幸せでないことによる「幸せ」など様々だ。年配の方々や苦労を重ねてきた方々の「幸せ」は、おおむね物理的ではない方の幸せである。

私も、学生の頃、「幸せって何だろう」と考えていた。哲学書のようなものを読んだこともあるが、今思えば、所詮頭の中で考え、その考えをいろいろな方向からもて遊んでいただけだった。

三十代の頃、家族七人が狭い家で暮らしていた。寝る間もないくらい忙しい時期であったが、浴槽に浸かっているとき、ふと思った。

こんな幸せでいいのだろうか。

精神的にも充実していた時期で、この幸せがいつまで続くのだろうかと思ったし、不幸せは想像したくなかった。

しかし、四十代になって父親の死を看取り、子どもたちが一人、また一人と家から離れていくと、安堵するとともに、寂しさを感じるようにもなった。六十代に入ると、母親の介護の日々。老老介護になりつつあった。三十代に幸せを感じた頃と比べれば、必ずしも幸せとは思えなかったが、「不幸せ」であると思いたくない自分もいた。いろいろな経験を重ねていくうちに、幸せの概念が広くなっていくことを、体験的につかんでいったように思う。

その男は、「幸せ」をどのように考えるか。

欲をもった人間である以上、旅行もしてみたい、おいしいものも食べてみたいと思う。ただ、それは絶対の幸せではない。

盆や正月に来る孫との時間は、束の間の幸せである。大学時代の同級生に言わせると、「孫も毎日接していると嫌になる。」そうだが、そうは言っても幸せそうな顔をしている。

時々見る孫も毎日見る孫も、幸せの源泉なのだろう。

退職してからは、みんなで一緒に仕事をするという機会が少なくなったので、協働作業をし終えた後の喜びは、幸せと感じる。地区行事で一緒に芋のつるを植え、秋にはみんなで収穫をする。芋の出来栄えより、みんなと一緒に働いたことが嬉しい。現役の頃のことを思い出すためか、懐かしいという気持ちが心を幸せにする。

時代小説を読みながら、そこにある一文から、自分の心と対話する瞬間も束の間の幸せである。気づくと、普段の生活がいつものように続いている、不幸でないことが幸せである。

男は、少しずつ分かってきた。人の幸せというのは、生活の中にあるささやかな出会いや、人と心が通じ合ったこと、心が豊かになったことなど、何気ない日常生活の中にある。それは、事の大小を問わず、その瞬間心が満たされたときに得られている。

「社会」についての想い

「家族」の姿

「家族」という言葉から連想されるもの。それは、「つながり」、「支え」、「心地よいもの」等々。中には、「家族」は空気のような存在だと感じている人もいるだろう。理想とされている家族像を追ってみる。

親子が友達のように仲がよく、祖父母はそんな親子を温かく見守っている。ホームドラマで見るような家族が、今どきの家族の理想というものか。もしかしたら、少し前の時代にもそうした家族はあったのかも知れない。ところが、現実はそう簡単なものではない。家族が百あれば、その家族の様態も百ある。どれが良いというものではなく、それぞれの家族がある。

中学生の海外派遣の引率でアメリカに行ったときのことである。バスの車窓から見える家の前の芝生がとてもきれいだった。理由を聞くと、景観が悪いと罰金をとられるから、事前に庭師にお金を払い、きれいにしているとのこと。アメリカってそういう所かと思った。ホームステイ先の家に行くと、古ぼけたセダンとピックアップトラックが一台ずつ置かれていた。ご主人に聞くと、週末は、ピックアップトラックにバーベキュー用品を載せて、毎週のように郊外に出かけていると言う。そういう所なのだ。その姿は、仕事に生きがいを求めるのではなく、仕事を終えた後の余暇に生きがいを求めているように映る。

仕事と余暇の関係は、仕事と家族の関係についても同様である。家族あっての仕事であって、仕事あっての家族ではない。個人を尊重する社会では、個人の最も大きなかたまりが家族なのだろう。日本の場合は、若干異なっている。仕事あっての家族が幅を利かせてきた。

自分のことを振り返ってみる。

気が付いたら漁師の家に生まれていた。自分が生まれる前、父は戦争へ行き、満州にいた。戦地では、組織の中で働くことは苦にしていなかったようである。母は工場務めで、今で言うとサラリーマン風の生活をしていた。いずれにしても戦後の動乱期であったので、結婚後は食べるために漁師で生計を立てていた。そんな我が家が、「仕事」か「家族」のどちらを優先したかと言えば、答えは明らかである。仕事以上に優先させるものなどあろうはずはなかった。

私は父とは違う仕事を選んだ。教員になり、自分の家族を持って、三十八年間教育の仕事に携わってきた。仕事はやりがいがあったし、遊ぶお金をもうけるために仕事をしてきた覚えはなかった。むしろ、仕事を通して世の中の役に立てていることに誇りを持っていた。このような生活をしてくると、家族と接する時間は自然と限られる。子どもたちが成長していく節目に立ち会うたびに、「大したことはしてあげられなかった。」と、その都度後悔した。

もし欧米人のような価値観を持って生きてきたならば、もっと違う景色が見えたのかも知れない。人生そのものが、もっと楽しかったのではないかと思うことがある。一方で、家族とは、細い糸ながら心と心でつながってきたからそれで十分だと思うこともあった。

天の声が「人生をやり直せる機会を与えてあげる」と言ったらどうだろうか。

その男は、悩んだとしてもきっと別の価値観を選ばないだろう。やっぱり、来た道を選択する。なぜなら、その男はそんなに器用にできてはいない。少し寂しいことは分かっていても、自分が歩んできた生き方に胸を張ることだろう。
今風の「家族思いの男」が増えてきた中、こんな男もいる。

「地域社会」のあり方

生まれた地域に住み、六十余年が経過する。その間、仕事で単身赴任生活をしたことが二回あり、学生時代を含めると、計十六年は生まれた地域を離れていた。知っているようで詳しく知っていないのが、この生まれた地域である。

教員だった頃、地元の中学校に勤務していた時期があり、生徒指導の際には地域の人たちにお願いをしたり相談にのっていただいたりしたこともあった。ただ、それは、学校という組織と地域社会との儀礼的な側面が大きかったような気がしている。それに比べ、退職後知った地域社会は、これまで感じてきた地域社会より、もっと濃度の濃いものであった。

家と学校を往復するだけだった私には、住んでいる地域の組織がどんなものであろうと全く関係がなかった。そもそも、その組織が何のためにあるのか、どんな役割をしているのかも分からなかった。退職後寺の仕事をするようになり、近所に住んでいる人の人柄や仕事について少し分かるようになったのがせいぜいのところである。生まれた地域に長く住んでいながら、こんなものかと思った。

何も知らなかった。

今、身近な地域の組織は三つある。一つ目は、「町内会」。これは地域社会の最も小さい単位で、十五軒で構成されている。冠婚葬祭に関わったり、火災を起こさないように鎮守したりする。おそらく江戸時代から続いているのではないか。五人組の延長のようなものである。二つ目は、「自治会」。六百軒近くある地区を自らの力で治める組織であり、時には市から伝達された事柄を十七ある組に下ろし、組は各戸に下ろしていく拠点である。三つ目は、「校区」。私の所属する小中山自治会と隣の中山自治会をまとめた組織を言う。恥ずかしながら、校区長をするようになって、やっとこれらの組織とその組織を運営する人がどのような手順で選ばれ、どのような役割を担っているのかが分かるようになった。

それぞれの組織には、今どきの課題が山積している。空き家が増えていることや役員の人選が難しくなっている等々の声を聞く。共通して言えることは、少子高齢化が進んだことによる課題である。その組織が、仮に前年度と同じようなことをしようと思っても、そのようにはできなくなっているので簡略化せざるを得ない。町内会の会合は年に六回あったが、二回になった。葬儀の際も、最近では葬儀屋に依頼するので、町内会が手伝うことも少なくなった。高度成長の頃は、子どもたちのためにバスを仕立てて町内旅行もしたものだが、なくなって久しい。近いうちに、町内会を解散したらどうかという意見まで出てくるかも知れない。

冷静に考えてみれば、もし町内会がなくなったとしても、不自由に感じる人はいないだろう。むしろ、集まる機会が減り、喜ぶ人が増えるかも知れない。ただ、それを時代の流れだからと言ってそのままにしてよいものかと思う。江戸時代にできた五人組の組織を拡張したような組織は、ある面では監視し合う組織であるが、別の面では助け合う組織でもある。高齢化が勢いよく進んでいるからこそ、このまま近所の人同士がばらばらになってしまうことを危惧している。便利さや個々人の都合を優先させていくことは大切であるが、それ以上に大切なものもあるのではないだろうか。

町内会にしても、自治会や校区にしても、組織が結成されたときにはそれなりの必要性があってできたのだろう。しかし、できたものは時とともに移ろい、形骸化していくことも常である。

地域社会が大きく変容しつつある今、なぜこの組織が作られたのか、今一度見直していく必要があるのではないか。その上で必要ならば、理念を大切にしつつ、組織を再編することもあってよいと思う。

地域社会は「縦のつながり」と「横のつながり」で構成されている。「縦のつながり」は、地域社会が昔から引き継いできたもの。「横のつながり」は、今の地域社会を支えている人々。時代がめまぐるしく変わっていく中、「縦のつながり」と「横のつながり」の折り合いをどのようにつけていくかが問われている。

はっきりしていることは、地域によって折り合いのつけ方は異なるかも知れないけれど、地域社会そのものが人で構成されている以上、人同士のつながりを無視した折り合いのつけ方はできないということだ。

「政治と経済」のあり方

その男は、世の中の「政治と経済」には乗り遅れている。興味があるとか実利が得られるとかの問題ではなく、現にそうであると言ったほうがよいだろう。

団塊の世代から少し離れた世代であっただけに、大学紛争も下火になっており、政治にのめり込んでいく若者は少なくなっていた。私もそんな一員だった。だからと言って、政治に全く興味がなかったわけでもない。世の中の動きが気になりながらも、政治活動する人たちをその脇で覗いている。そんな存在だった。

経済についても同様で、切羽詰まった感がない。大学生の頃は決して豊かではなかったが、家庭教師のアルバイト代で授業料を払うことができた。お金を儲けることは卑しいことだとは思っていなかったけれど、「ひと儲けしてやろう」という野心もなかった。

「政治と経済」は、自分から接近していく存在ではなかった。

ただ、年齢を重ねるにつれて、「政治と経済」は自分の生活と密接につながっていると感じるようになった。

その一つが「ポピュリズム」。

もう随分前から、この言葉が世に出回るようになった。「人気を勝ち取るために何でもする主義」と言ってしまえば、あまりにも偏見に満ちているか。民主主義は、最終的には賛成多数の意見によって進められていくので、多くの仲間を得ることは悪いことではない。しかしながら、傍目で見ていても、近年の動きは人気投票そのものである。人気の中身まで踏み込んでいけばそれはそれで良いと思うが、言葉巧みにアジり、人心を引きつけた者勝ちの雰囲気すらある。

そして「コロナ対応」。

民主主義国と言われている国々は、軒並み対応が遅れて蔓延した。一方、独裁的と言われている国々は、早々に蔓延を防いでいる。ちなみに、「防いでいる」と言われているが、どこまで信ぴょう性があるかは不透明である。

いずれにしても、コロナによって国のあり方が問われていると言っても過言ではないだろう。民主主義国家にいる者としては、これまで是認されてきたものが否定されたようで複雑な気持ちになる。

もとより、民主主義という形態は、歴史上数多の政治制度がとられてきた中で、「比較的まし」と言われてきた制度である。人々の意見は反映されやすいが、その分時間がかかる。緊急の対応には弱い側面を持っている。逆に独裁的な国家は、人々の意見は反映されにくいが、すべてが命令系統でできるから緊急対応が早い。民主主義が「ベスト」の制度ではなく、「ベター」な制度であると言われるのは、こうした側面があるからだ。

コロナは、経済にも大きな影響を及ぼしている。

飲食業はコロナで多大な損失を被ったが、自動車等の製造業は何とか持ちこたえている。リモートワークという新たな働き方も出現した。おそらくコロナが蔓延する前と後では、産業構造そのものが変わったものになっていくだろう。

私たち人は、縁あって一つの地球の中で暮らしている。その地球の中で、時として争いをし、助け合いもする。しかし、忘れてならないのは、この地球の中には人ではない生物も無数に存在していることである。ウィルスもその一つと言えよう。根本的な事実を認識していくことが、「政治・経済」を考え直していくきっかけになる。

「歴史」から学ぶ

年齢を積み重ねてきたせいか、「歴史」が気になり出した。

おそらく、自分の立ち位置が変わってきたせいだと思う。若い頃は、自分という歴史もまだ始まったばかりであるから、過去のことより先のことが気になっていた。しかし自分の年齢が人生の後半に入ってくると、この先がこれまで歩んできた道のりより少ないことを感じるようになった。自然の流れとして、これから先のことよりこれまでのことが気になってくる。それは、自分自身の歴史だけでなく自分を取り巻くすべての歴史についても言えることである。

興味を持ち出したのは、現役で管理職に就くようになった頃だったと思う。それまでは、何か事が起きたときに、自分だけの判断で解決するということは少なかった。しかし、所属の「長」になれば、当然のことながら最終決断をしなければならない。いろいろな迷いがあったときに目に入ってきたものが、童門冬二の『名将の決断』であった。戦国から幕末に至るまでの武将たちが、どんな場面でどんな決断をしていったかが書かれていた。全五十巻。どの巻も心惹かれるものばかりであったが、特に強く心に残っているのは、上杉景勝の次の言葉だ。

「迂（う）を以て直（ちょく）と為す」。

迂遠に見える道こそ、もっとも近いと注釈がつけられていた。景勝が、新発田（しばた）攻めのとき、二手に分かれる場所があった。血気にはやる家臣たちは険しい道だが距離の近い道を行くのが上策と進言する。しかし、景勝は首を縦に振らない。そのとき先の言葉を言ったという。実はこのとき、近い道の方には新発田方の勇士が岩穴に潜み、襲撃を企てていた。即断即決をしていく織田信長のようなリーダーとはひと味違う熟慮の男であった。

それに比べれば小さなことであるが、私が小学校の校長をしていたときのこと、運動会が雨に見舞われたときがあった。当日が雨であることはよくあるが、そのときは翌日の予報も雨混じりというはっきりしない天気であった。運動会を強行すればやれないことはなかった。もしかしたら、何事もなかったようにうまくいくかも知れない。しかし、途中で止めなければならないことも十分に考えられた。場合によっては、ずぶ濡れの運動会になるおそれもあった。一方延期すればどうなるか。保護者の中には、連続で休暇をとれない方もいるだろう。そんな保護者は、強行してほしいと願う。

「迷ったら、原点にもどれ。」か。

主役は子どもたちである。運動会を子どもたちの心に残るものにしたい。それがすべてだった。そう思ったとき、目が覚めたように決断ができた。保護者、来賓の方々、職員等、それぞれの思いがあり、きっといろいろなことを言うだろう。言うなら言え、すべて自分が引き受ける。そう覚悟を決めて、運動会を二日続けて延期することにした。

当初の予定より二日遅れて行われた当日。空が抜けるような快晴であった。子どもたちが晴れ晴れとした顔で競技をしている姿を見て保護者が言った言葉を思い出す。

「校長先生がしたかった運動会は、こういう運動会だったんだね。」

回り道をしたかも知れないが、これでよかったと思った。この件以来、事の大小はあるけれど、人が物事を決断するときは、時代が変わってもそれほど変わるものではないとの思いを強くした。

私の歴史認識が変わっていった。

「歴史」と言えば、大河ドラマで見るようなものを想像してしまいがちであるが、人々の中にある歴史は、心躍らせるようなストーリーは少なく、場合によっては消し去られたような歴史もある。美しい部分も汚い部分も併せ持った、人と人が築いてきたやりとりの総称が「歴史」なのだろう。歴史が後世の人々によって都合よく解釈されてきたという例はよくあることだが、人々がその時代その場に身を置いて営んできた事実そのものは、時が経っても変わらない。

「人々の歴史」の中にあったものを、未来への糧としていくのが人の智恵というものであろう。

「教育」についての想い

学校の使命

ここからは、「教育」についての私なりの想いである。

なぜ「教育」についてかと言えば、私が三十八年間教育に携わってきたことによる。厳密に言えば、退職後を含めると四十一年間ということになる。

小中学校で子どもたちを指導していた頃は、学校の使命や役割についてあまり意識することはなかった。とりわけ、二十代から三十代前半までは、目の前にいる子どもたちが仕事の対象だったので、その子どもたちを何とかしようとしか考えていなかった。したがって、子どもたちや教師がいる「学校という存在」にまで目がいくということは少なかった。

ただ、保護者への対応が増えるにつれて、「学校という存在」や「学校の立場」について説明せざるを得なくなっていったことを覚えている。

学校は何もしてくれないという保護者がいたし、学校がしてくれていることには感謝しつつ、それ以上を求めてくる保護者もいた。そんなとき、学校はどこまでやればよいのかと立ち止まって考えるとともに、学校や教師は何をすべきかとも思った。そもそも学校の役割とは何か、学校の使命とは何だろうか。

教員人生の後半、教育委員会に勤務し、行政側から学校というものを見る機会があった。乱暴な言い方をすれば、学校は、行政的には役所の中の一機関である。予算が与えられ、その予算の範囲内で諸々の事業が行われる。教育は、その対象が人であるという点が他の部署と異なっている。子どもや保護者・教師の立場で見た学校と、行政の立場で見た学校との違いを痛感した。

ことほどさように、保護者・教師が求める学校と行政が求める学校は、同じようであって、同じではない。

その昔から変わらない保護者の思いとは、子どもたちには最低限の知識を身に付けさせてほしいということ。子どもは人として未完成な存在だから、保護者がそう思うのも当然のことである。子どもたちにとっても、知る喜びは成長の喜びである。

一方、小中学校の教師はどうか。知識は大事にしたいが、それだけでなく人と人との関わりの中で、人間関係など社会へ出たときに必要とされるさまざまな基礎を身に付けてほしいと願う。それに加え、最近では国の要請により思考力や表現力なども身に付けさせたいと考えている。

では、行政が求める学校とは。

基本的には、行政は法律に則り、教育を推進していくための環境づくりをする。ソフト面で言えば、国の方針を伝えることや、教員の定数を定めること等もその一つである。時には、議会を通して国民や県民・市民に対して現状や課題を説明する。また、ハード面では、校舎建築や学校に必要な備品を整えることもその仕事である。行政が求める学校とは、法律に則ってよりよい国民を育てると言ったところか。

こうしてみると、保護者・教師が求める学校も、行政が求める学校も、元をたどれば同じものに見える。見ている側面が異なっているだけだろう。元をたどったところにあるもの、それは、

「人づくり」。

時代や洋の東西の違いがあっても、人をつくることこそが学校の使命であると言えるのではないだろうか。

多様性が叫ばれている昨今である。「人づくり」は、学校がすべて行うのではなく、

場合によっては学校以外の機関にも広めていくべきではないかという意見もある。その通りである。ただ、世が人の世である限り、社会の縮図とも言える学校が「人づくり」の中核を担っていかなければならないことは変わらない。

多様な世の中になっているからこそ、今一度学校は「人づくり」を自覚し、その責任を果たしていかなければならない。

教育の断捨離

教員を三十八年間もやってくると、教育に関する裏や表がいろいろ見えてくる。

学校の教員というのは、国が打ち出した施策に則り子どもたちの指導にあたっているが、国の施策は、時代とともに新しいものを取り入れていく。それは当然と言えば当然のことである。

振り返ってみれば、どこの学校にも視聴覚教室ができた時期があったし、ＬＬ教室と言われる語学学習室が整備された時期もあった。しかし、どうだろうか。十年もするかしないかのうちに無用の産物となり、古い機材だけが教室を独占し、誠に使い勝手の悪い部屋がどこの学校にも存在したことがあった。

こんなこともあった。教育委員会にいた頃、消費者教育の担当になった。各地に出向き消費者教育の必要性を述べたが、いかんせん自分が納得した上でのことではなかったので、歯切れの悪いもの言いになってしまったことを覚えている。消費者教育の必要性はよく分かっていたつもりである。しかし、現場の教員サイドに立てば、限られた時間の中で要求されたことすべてをやり通せないことも十分に承知していた。自分は何をやっているのだろうかと自問したものである。

時が巡り、令和の時代に入った。

小学校に教科としての英語が取り入れられ、プログラミング教育が実施されている。今の時代、今の日本に住む子どもたちにそれらが必要であるとの判断で取り入れられたものなのだろう。しかし、どうだろう。過去の出来事と併せて考えてみると、どこまでそれらが続くのだろうか。

作家の藤原正彦は、「小学校では、英語より国語が重要だ。」と言い切る。世界へ出れば口先だけの英語ができても、自国のことを語れないようでは誰からも尊敬されない。人は自国の言葉で物事を考えるから、小学校時代にはもっと国語を重視して自分の国のことを語れるような基礎を築くべきだと説く。

プログラミング教育については、過去にも似たような事例があった。コンピュータが出始める前だったろうか。チャート式教育というものがあった。言ってみれば、今のプログラミングに通じるものであったと思うが、今となっては、その「チャート」という言葉すら死語になっている。

その時代、時代に必要とされる人間像は異なる。文部科学省は、それを踏まえて教育の内容を抜本的に変えたり、マイナーチェンジしたりする。そのことが悪いというのではない。問題は、教育の分野においては、新規の内容が何の疑いもなく増やされ続けてきたということだ。良かれと思うことは躊躇せずやれという発想が見え隠れする。この分野は、道路や橋を作ったりするように、予算がなければできないわけではないから、このようになってしまうのではないか。教員は、「子どものため」という善意で動いている部分も多いが、その善意にも限界はあるし、授業時数も無限に増やせるものではない。

お金という縛りが弱い分、教員にしわ寄せが行ってしまっている。役所の他部署と同様に、教育においてもそろそろ断捨離をしていく必要があると思う。何か一つ増やせば、何か一つを減らす。そうしていかない限り、指導しなければならないことは際限なく増えていってしまう。その結果、教員自身が何を本当に大事にしていったらよいか分からなくなり、子どもを育てるという本質が抜け落ちてしまうのではないか。

『知・徳・体』の「知」の部分において限定付きで言うならば、小学校の段階では、国語と算数だけでもよい。無論、極論である。他の教科も指導してよいが、あくまでも国語と算数だけはしっかりと時間を割いて学習させたい。

小中学校は、基礎を学ばせるところである。週に一時間くらい新しいことを学習させたからと言って、それが必ず学力の基礎になるとは思えない。現に高齢の方々などの中には、幼い頃コンピュータに触れたことがなかったにもかかわらず、しっかりと使いこなしている方もいる。新しいことに挑戦できる基礎ができている人たちなのだろう。

専門的なことは高等学校以上に任せておけばよい。学ぶことは、社会に出てからでもできる。しかし、九九ができない人が社会に出てから学ぼうとした場合どうだろうか。莫大な時間と労力を要することになる。そうさせないための学習内容が、「基礎」と言われるものだと思う。

教育分野においても断捨離が必要である。

失敗する経験

「教育」とは、教え育むと書く。その教え育む側のことで、最近気になっていることがある。

教え育む側とは、教員や保護者のことであるが、教員にしても保護者にしても、最近はかゆいところに手を届かせすぎているのではないかと思う。

過去の出来事は美しく見えるから「昔の方が良かった」と言っているわけではない。子どもは社会の宝だから、大事に育てていこうという考え方は理解できる。しかしよく考えてみると、自分のかゆいところを他人にかいてもらって育った子が、本当に社会の宝となっていくだろうか。教え育む側が、どんなに「転ばぬ先の杖」を差し出したところで、社会に出れば人は必ず転ぶ。成長の途上にある子どもたちに、二度と立ち直れないようなハードルは高すぎるが、時にハードルにぶつかって転び、そのハードルの越え方を身に付けさせていくことは、子どもたちが将来力強く生きていくために欠かせないことだと思う。そのような機会や場を奪ってしまうことは、子どもたちにとって親切なようであって、実は罪ではあるまいか。

このことは、やり直しが利きにくいという社会構造的な問題とも関連している。親にしても教員にしても、子どもはかわいいから失敗をさせたくないと考える。親や教員は、一度失敗すると次への門戸が狭くなっていくという現実をよく知っているから手を出してしまっているのが現状なのだろう。

幸か不幸か、その昔は、誰もがその日の生活で精一杯だったので、子どものことに関わってはいられなかった。失敗したら、本人が自分の力で乗り越えていくか、せいぜい親がその時になって子どもと一緒に考えていくくらいのことだった。わざとそのように取り計らったのではなく、国民の経済状況がそうさせていた。

そうしてみると、学校とはどういう場所であるべきか。

望むらくは、失敗や挫折の経験ができるところ。もちろん、成功体験も十分に味わわせたい。子どもたちは、成功体験を積み重ねることで、自信を持つことができる。その自信は、将来への大きなエネルギーとなっていく。また、どん底も味わわせたい。どん底を味わった人には、本当の強さが培われる。その強さこそが、「生きる力」になっていくのではないだろうか。

誰しも置かれた所で一生懸命生きているから、今自分がやっていることにどんな意味があるのか考える人は少ない。しかし、時にはふと足を止めて、今自分がしていることを振り返ってみるのもよい。

複雑で混迷した社会に向かっていく今だからこそ、どんな人をも包み込むような教育が必要である。それは、学校教育だけではなく家庭教育においても。

先人が壁になる

子どもたちの前に壁をつくってやることは、いけないことなのだろうか。

以前、運動会で行う組体操は危険であるという話題が出されたことがある。それをマスコミが取り上げ、問題が大きくなった。確かに何段も積み上げた組体操は危険であるし、その写真を見ると危ないと思った。マスコミの論調を総合すると、「組体操は危険だからやめよ」というように聞こえた。

問題がすり替わってしまっている。

この話題が出されるようになってから、学校からはしだいに組体操が消えていった。しかし、ことは組体操だけではない。こうした圧力が広がっていけば、危ないことは教育から外すべきだとなるだろう。危険を伴うおそれのある体育は、そのやり玉の筆頭にあげられることは目に見えている。もし、危険のおそれが全くゼロの体育があったとして、その体育をしていったらどうなるだろうか。答えは明白である。心も体もひ弱な人間がこの日本にあふれていくことになるだろう。組体操そのものに問題があるのではなく、組体操の行い方に問題があるのだから、行い方を変えて堂々とやればよいと思う。

『内外教育』にこんな記事が掲載されていたことを覚えている。

無職の少年が暴走運転で多くの通行人を死傷させた数日後、ある大学の先生が中国人留学生に次のように質問されたそうだ。

なぜ、無職の少年が高級車を持っているのか。健康であるのに仕事をしないのはおかしい。両親が亡くなった後はどうする。満足できる仕事がないというのは身勝手だ。働かない若者を容認する大人も変だ。強制的に働かせるべきだ、等々。

そこには、何も乗り越えていない若者の姿が浮かぶ。

今の時代は、先人が壁となって若者を育てていく時代ではなくなりつつある。あるとしたら、大相撲のようなところか。叱ることはせず、ただただほめる。いい大人が、「自分はほめられて伸びるタイプですから。」と平然と言っている。その若者が壁に当たったときにはどうするのだろうか。

人を育てていくには、高い壁を作ってそれを乗り越えさせる方法と、ほめながら自主性を重んじる方法があり、今の時代には後者に賛同者が多いように思う。後者が絶対的に良いからではなく、前者が今の時代にそぐわなくなっているからだろう。先の中国人留学生が言うような事態が起きるのは、今の日本が豊かになっている証左でもある。

その男は、壁が必要だと考える。人が生きていく上で、行く手を壁に遮られないですむことはないからだ。幼いうちは、少し頑張れば乗り越えられる壁でよい。しかし、中学生、高校生には、時々、とてつもなく大きな壁があってもよい。

私は高校一年のとき、豊橋駅から渥美半島の先端まで走った（正確に言えば、走ったのち歩いた）経験がある。約四十キロ余りの道のりである。真夏の八月末、陸上部の者は豊橋駅までバスで行き、そこでランニング姿になった。お金など持っていないかチェックを受けた後、目的地へ向かった。どの道を通ってもよい、自力で半島の先にある高校までたどり着けというものだった。私は国道沿いが最も短いと判断し、国道に沿って走り出した。初めは意気揚々としたものだったが、次第に足が重くなる。口が渇くと道端にある野イチゴを口に入れた。ほこりにまみれていたが、それより水分がほしかった。約二時間後、田原の崋山会館に到着。疲れ過ぎて差し出された食べ物も食べられず、炭酸のジュースさえも飲み干せなかった。しばらくして出発。あと二十キロだ。二キロくらいして腹痛に襲われる。近くの農機具屋さんでトイレを借りた。その間に仲間たちは先に行ってしまった。体はますます重くなる。お金を持っていないので、途中でバスに乗るという「ズル」もできない。追い越していく車に向かって何度も手を挙げて助けを求めたが、私に気を留めてくれる車などいない。他人は冷たいと思ったし、助けを求めている自分が情けなかった。十キロ過ぎたあたりで、海の向こうに中電の煙突が見えてきた。あれが自分の住んでいる所だと思ったとき、無性に力が湧いてきた。

高校に着いたのは夕方近くだったように記憶している。

真夏の盛り、よくもやったと思った。初めは、なぜこんなことをしなければいけないのかと疑問に思ったが、やり終えたあとに得た自信は、言葉では言い表せないものだった。無謀とも思える企画をしてくれた先生には心から感謝した。大きな壁を乗り越え、大きな自信をつかんだ。これからは相当のことにも耐えられる、耐えてみせると思った。

母校の校長になった年、多くの学校が廃止するようになった「立志歩行」を復活させた。歩き通せたあと、子どもたちはきっと何かをつかむ。そこでつかんだものは、将来必ず生きていく上での糧になる。そう信じて。

「公教育」のあり方

教育委員会というのは、役所内の福祉部や環境部のような行政の一機関（部署）として存在しているのではなく、その枠から少し離れたところに置かれていることを知っているだろうか。

理由がある。日本が第二次世界大戦にのめり込んでいった時、教育が政治の波に飲み込まれ、時の政権に都合よく利用された経緯があったからである。この制度は、戦後それなりの役割を果たしてきた。しかし、「いじめ問題」がマスコミをにぎわすようになると、この制度では対応が遅くなるとの指摘を受け、現在では教育委員会も幾分行政サイドに寄ったものになっている。簡単に言えば、教育長が首長の指示を直接受けて動く制度である。良い面は即時の対応ができること、悪い面は時の首長の政治的な思惑に左右されかねないことである。

少し前の話になるが、子どもたちの学力が問題になったことがあった。ある首長から、「学力を向上させた教員にはボーナスを出す。」との発言があった。また、ある首長からは、「学力テストで点数の低い学校は公表する。」との発言もあった。首長として何とかしたいという気持ちはよく伝わってきたが、教育というものを、利潤の追求を旨としている会社と同じレベルで考えた発言のように思えた。ここで言う「教育」とは、「公教育」のことである。競争原理をこのような形で「公教育」に押し付けて良いものなのか。

選挙で選ばれた人の言うことだからそれなりの責任もあるし、権限もある。しかし、件の発言は、「公教育」というものの本質が分かっていないために出たのではないかと思える。

そもそも「公教育」は、どのような子にも同じような教育の機会を与えるべきものである。そして、どの子にもその子なりに成長できる機会を与えてあげるべきもの。優劣を見る視点は一人ひとりの子どもの成長の度合いであって、学校や県などという集団組織の優劣ではないし、まして教員の力量の優劣でもない。

そのことを分かっているから、「公教育」に携わる教員は、一部のエリートを育て、学校の平均点を上げることにはあまり関心がない。むしろ、底辺にいる子どもたちを救い、その子たちが社会に出たときに役立つ人間となることを願っている。結果として、学校としての平均点は上がりにくい。

ひと口に「公教育をする学校」と言っても、千差万別である。保護者が高学歴で高給取りの人が集まっている地区の学校もあれば、生活をすることに精一杯で、子どもの教育には全く無関心な地区の学校もある。教員が子どもたちに学力テストで良い成績を上げさせ、ボーナスをもらうためには、極論すれば高学歴の地域へ赴任すればよい。

果たして、それが本来あるべき「公教育」であろうか。

ちなみに、「公教育」では自分で選んで高学歴地域へ行けるものではないし、もし行きたければ、「公教育」をやめて「私教育」へ進むのが適切な選択というものだ。

戦後の教育が底辺の子ばかりに目を向け過ぎ、理解力の高い子どもたちにとって退屈なものになっていたという指摘は、一部で当たっている。「公教育」の使命は、どんな子であっても、一人ひとりを確実に成長させることである。できる子にもできない子にも目を向ける。そのことだけは変えてはいけないと思う。

首長たちの人気取りとも思える発言は、天に向かって唾を吐くようなものだ。教育における本質を見間違えてはならない。

本質を見極めた上ならば、必要に応じて見直し、改革していけばよい。

いじめの問題

学校でのいじめが絶えない。記者会見が開かれるたびに、「あってはならないこと」という言葉が繰り返される。「あってはならないこと」と、だれもが頭の中で考えていると思うが、現実にはある。

なぜか。

人間の性（さが）がそこに潜んでいるからではないだろうか。良くないことだが、人は他人が自分より不幸である姿を見ることによって、自分の幸せを感じることがある。他人の失敗を見たとき、思わずくすっと笑ってしまったような経験はないだろうか。少しだけ自分が優位に立ったようなあの感触。あの感触こそが、いじめ問題の根底にあるものだと思う。

学校のいじめを論じる社会人も、多くが職場や家庭の中でいじめを経験している。それは今に始まったことではない。社会人は、それらもすべて織り込み済みで、いじめの正体も分かっていながら、「いじめはあってはならないこと」だと言う。そうだと分かっていながら、学校で起きたいじめについては、ことの他大声で批判する。あたかも、自分だけがこの汚れた社会とは別の世界にいるかのような物言いをし、振る舞いをする。

もとより、いじめは、学校で起きようが社会で起きようが許されない行為だ。まして、人を死に追いやるようないじめは断じて許すべきものではない。問題にしたいのは、これまでのように、識者が「建て前」と「本音」を使い分けているうちは、永遠に解決しないということである。

ひとつのヒントをいただいた。

ある購読誌で、『いじめの定義』について論じているものを見つけた。現行の法のもとでは、いじめは当該児童生徒が「いじめ」と感じれば「いじめ」である。もう少し詳しく述べれば、「当該行為の対象となった児童等が心身の苦痛を感じているもの」ということになる。それに対して、誌は、「例えば、十代の恋愛の告白場面があったとき、その告白に対して、これを拒絶する発言ですらいじめに該当し得る可能性があるのではないか」と言う。この法が、遺族の思いに応える形で作られたことは重要なことであるが、実際の学校現場に置き換えてみたときにはどうなるか。学校には、いろいろな児童生徒がいる。心で思っていても口に出せない子がいる一方、被害妄想が強く、「いじめ」だと言い張る子もいる。先の「恋愛の告白」の件も、双方の心情に関わる問題である。その心情を法で規定すること自体に無理があるのではないか。教育の現場では、心情と心情が常にぶつかり合い、時にはその中で葛藤が起き、成長もできる。

誌は、議員立法で出来た「いじめ防止対策推進法自体の抜本的な見直しを検討する必要があるのではないか。」と締めくくっているが、その通りだと思う。

いじめかどうかの認否を争っているうちは、いつまでたっても堂々巡りだ。いじめゼロの世界を創り出すことを目標とするのではなく、いじめはあると認識すること。その上で、学校現場や社会人は何ができるかを考えていくことの方が重要なのではあるまいか。

私は、学校現場における子どもたちのからかいやちょっかいなどがいじめであるかどうかという判断は、非常に難しいと感じてきた。いじめかどうかを判断することに血まなこになるより、むしろ、問題だと思われる行動にどう指導の手を差しのべていくかが重要なことだと思う。

指導する教師側には、問題だと思われる行為を見逃さない力量が必要であるし、それ以前の問題として、問題を起こさない学級等の雰囲気づくりが求められる。もちろん、ことがあったときの生徒指導能力や保護者対応能力も必要だ。

一方、児童・生徒側には、いつもと違う事態が起きつつあるとき、それを嗅ぎ付け、対応していく力が必要だろう。将来社会へ出たときのためにも、そうした力はしっかりと身に付けさせておかなければならない。

いずれにしても、人と人の間にはいじめが起きるものだということを認識し、人の力でそれを乗り越えさせていくのだという強い信念と行動力が、問題を真に解決させていくものだと思う。

先を見据える

令和三年夏のこと。『教員免許更新制廃止』の記事が新聞の一面に掲載された。やっぱりか、というのが率直な感想だった。

この制度は、教員免許に十年の期限を設け、更新前に講習を受けないと失効するというものである。そもそも、制度が導入された直接の目的は、不適格教員を排除することだった。しかし、国の会議で検討される中で、「教員が自信と誇りを持って教壇に立ち、社会の尊敬と信頼を得ていくという前向きな制度」と位置付け直された。誠に玉虫色の文言である。教育現場は免許を失効させないための研修に追われるだろうと思った。

あれから十二年。長いようだが、十年スパンの研修であるから、ほぼ一サイクルしただけの廃止である。国は現場のことが本当に分かっているのだろうかと思っていたので、思わず「やっぱり」が出てしまった。

廃止になったのは、研修が増えたことで教員の多忙さが増したことや、産休や育休をとる教員の代わりを探しても免許が未更新のためすぐに任用できず、教員のなり手不足の一因になっていることなどがあげられている。

政治主導で導入されて、あっという間に政治主導で廃止されることになる。

似たようなことは過去にもあった。

学校の土曜日が、平成四年から順次休業日となっていった。今となっては、週二日の休みも良いのかも知れないと思うようになったが、その当時の思いは少し違っていた。日本人は働き過ぎだという外圧が強まり、国や大企業が順次週休二日制を導入。学校もその流れの中にあった。しかし、教育現場にいた者は、半日だけ働く土曜日を結構うまく使っていたような気がする。午前中は、平日にできないようなことに時間をかけ、午後はフリーになるから職場の仲間と遊びに出かけることもあった。人と人とがつながる日だったように思う。今は完全週休二日制だから、さっぱりしたものである。良くも悪くも、政治主導の産物と言える。

この二つのことを思うにつけ、「深謀遠慮」という言葉が頭に浮かんだ。

この言葉は、豊橋市教育委員会が『教育羅針盤』という冊子を発行した際、時の教育長が使っている。それを読んで以来、私の頭の中にはこの言葉がずっとある。

「先々のことまで見据えた深い考えを意味します」と書かれていた。

政治主導で物事を決めるのもいい。しかし、先々のことまで見据えた深い考えがそこにあったのだろうか。

「教育は百年の計」と言いつつ、その一方で「時代に即した教育が必要」と言ってみる。教育行政や指導する現場教員の腰がふらふらしていては、子どもたちは何を信じ、どちらに向かっていったらよいのか分からなくなる。

「深謀遠慮」

かみしめてみたい言葉である。

日々のくらし

時代小説のとりこになる

時代小説を読み始めたのは、あるテレビ番組で、藤沢周平の『蝉しぐれ』についてとても熱く語っている人を見たときからである。あんなに話したくなるような小説とはどんな小説なのか。そう思いながら手にとってみた。

疑心暗鬼で読み始めたが、すぐにとりこになってしまった。

『蝉しぐれ』は武家ものである。下級武士の生涯が描かれており、読み進めていくうちに、「これは、まさに今の世の話ではないか」と感じるようになった。むしろ、武士の世界を借りる方が、今の世をよりリアルに著せるのではないかとも思った。

藤沢作品には、『蝉しぐれ』のような武家ものだけでなく、町人の市井を描いた市井ものも多い。私が好きなのは、『花のあと』と『橋ものがたり』である。どちらも短編集だが、登場する人たちの心の動きは、現代人たちの心の動きと何ら変わらない。今まで忘れていた大切なものがそこにあり、気がつけばいつのまにか涙していることもある。心をつかまれてしまった自分を感じる。

藤沢作品について、触れておかなければならないことがある。

自然描写の美しさ。

場面に厚みを持たせるための描写ではなく、登場人物の内面をも映し出す描写だ。時には、登場人物の心が自然の中に映し出され、また時には、自然そのものに人生を感じさせられる。小学校で国語を教えていた頃、自分自身がここまで感動し、その描写について語ってきたことはなかった。


どうしてこんなに美しい描写ができるのだろうか。

文の構成や話の展開に秘密があるのではないかと思い、自然描写の前後を何度も読んでみた。技術的なことはあるのだろうが、ひとことでは言えない。でも美しい。

こんなに美しい自然描写を描ける藤沢周平という人がどんな所で育ったのか、それを知りたくなった。彼が山形県の鶴岡市の出身だということは知っていたが、その地で何を見、何を感じてきたのかどうしても突き止めたくなり、家内と鶴岡市まで出かけることにした。新幹線で新潟まで行き、日本海側を通って庄内平野に入った。田んぼがきれいだった。田の一枚一枚が、私が住んでいる地域のそれらよりはるかに大きい。山は近くにあり、広くない川が蛇行している。宿は、山の入口にさしかかった所にあった。ひなびた感じで、小説に出てくる宿と重なる。出てきた食べ物は、小茄子の塩漬けや大根の糠漬け、ハタハタ。決して豪華ではないが、熱燗が進む。小説の中に出てきた食べ物とつながる。

ああそうか。

普段の景色に、普段の食べ物。ここに住んでいる人たちの誰もが見ている風景や、誰もが食している食べ物を、藤沢周平は心の目で見ている。心の目で見ているから、何気ない景色が人の心を打つ景色になる。

ますます、時代小説にのめり込んだ。

私にとって、時代小説を書く作家の「東の横綱」が藤沢周平なら、「西の横綱」は葉室麟である。彼の『蜩ノ記』や『霖雨』も忘れられない。とりわけ『霖雨』は心に沁みた。自分が仕事上で苦しかったときと重なったのかも知れない。これでもかと降り続く雨は、権力の横暴と重なり、その雨は終末まで降り続く。それでも諦めない。豊後日田の儒学者、広瀬淡窓を描いた物語だ。時々入っている漢詩にも心を打たれる。

機会があれば、大分県の日田市にも行ってみたいと思った。

伝え聞くところによると、私の学生時代の友人も時代小説にはまっているそうだ。年齢を重ねると時代小説が好きになってくるのはどういうわけだろう。自らのアイデンティティに触れられるからか。時代小説の中には、日本人の心の奥にあって、それまではあまり気に留めてこなかったものに触れられる喜びがある。ふるさとに戻ったときのような喜びかも知れない。

短歌を詠う

短歌を詠っている。

「詠ってみるようになった」というのが正しいのかもしれない。それは、「時代おくれ」なのか、はたまた「時代の最先端」なのか。

日常のくらしの中で、ふと思った。

・竹藪のそこだけ茂る日溜まりに　戦争ごっこのかの日を思う

・亡き友のスマホに残る番号を　押さばいつもの声聞こゆるか

こんな場面に遭遇した。それがどうしたということでもないが。
・先生に教えられたように一列に　歩く子どもらアジサイの花
・日の当たる道に背中を擦りていし　猫はゆっくり立ち去りゆけり

三人の子どもたちは皆嫁いでいってしまった。外孫は六人。
・嫁ぎゆきし娘の名前を呼ぶときに　いつも生まれた順に言う吾
・「じいちゃん」と肌すり寄せし外孫も　帰りゆきたり盆過ぎる前

九十五歳まで生きた母。亡くなる前後、いろいろなことがあった。
・昼食はいらぬと家を出でたれど　母は湯沸かし吾を待ちおり
・大正の母がスマホにピースして　永く仕舞いし笑顔を見せる
・亡き母の遺影に供えるコーヒーへ　入れる砂糖に涙があふれる
・忌明けの日孫六人が来るという　母の好んださくら草咲く

四季折々、自然を感じる。

・軽トラの開けた窓から押し寄せる　森の香りに鼻腔ひろげる

・青白き屋根の光に誘（いざな）われ　天を仰げば冴え冴えと、満月

「短歌を詠ってみよう」と、初めから意気込んで詠い始めたわけではない。教職に就いていた頃、自分の思いを「おたより」として周りの人たちに文字で発信していた。そんな折り、なぜか短歌が目に留まるようになり、気が付くと気に入った短歌を添えるようになっていた。

実は、間接的なきっかけがもう一つある。

母方の先祖について話を聞く機会があった。母親の祖父の家は、我が家と同じ村にあるが、その祖父の親は、訳あって三重県の宇治山田から引っ越してきたそうだ。歌詠みをしていたそうで、時の殿様が城から下りて歌遊びをするときなどにお相手をしたと言う。優雅に暮らしていたようだが、いまどきのコロナのような流行り病が発生し、海を渡って渥美半島まで来たようである。今、母方の親戚に短歌を詠う人はいな

いけれど、自分の思いをこまめに書くことをしたがるタイプの人が多い。何か血が騒いだ。

これらのことが重なり、自発的に行動するようになった。『ＮＨＫ短歌講座』の受講を始めたのは、その頃だ。

自分の作った歌は上手なものでもなく、人に感動を与えられるものでもないと思う。ただ、その時々の思いや感情などが、目の前の十七音に詰め込まれていると思うと、いとおしく思う。新鮮な野菜をそのまま冷凍保存した感覚である。

凡人にとって、歌は作ろうと思っても簡単にはできない。しかし、「どうしてもできない境地」までいくと、「作ろう」と思って作ることができる。不思議なものだ。一つできると、二作目、三作目ができてしまう。「できない」状況の中で、言葉を五音と七音で考え続けているからだろうか。

それにしても、日本語は五音と七音が心地いい。日本人が万葉の頃からそのことに気づき、それを大切にしてきた訳が少し分かってきた。「楽しい」「心地いい」「嬉しい」は、人の行動を継続させる力がある。

昔とった杵柄に浸る

「昔とった杵柄」は、私の場合「陸上競技」である。小学生の頃から大学生までやってきた。

世間的には、一つのスポーツを一貫してやり通してきたように見えるかも知れないが、内情は違う。中学生まではよい思い出を作ることができたものの、その後は苦しんだことが多く、やめるにやめられず続けてきたというのが実情である。種目は走り高跳びとハードルを専門にしてきた。走り高跳びは、大学生の後半には限界を感じるようになり、最後は百十メートルハードル一本に絞って取り組んだ。

競技人生の後半は記録もあまり伸びず、やけになりかかったときもあった。しかし、結果がすべて自分に跳ね返ってくるという陸上競技は、自分にとっては納得しやすい競技で、自分の性質（たち）に合っていると感じてきた。

いやな思い出もあった陸上競技だが、教職に就いてからも離れられなかった。大学卒業後三年くらいは、ハードルの選手として一般の大会にも出ていた。赴任先の中学校に陸上部がなかったので、先輩教師の力を借りて陸上部を創設する。ちょうどその頃から、長距離継走（今で言えば「駅伝」）の魅力にとりつかれる。学生時代、あんなにつらかった長距離走を子どもたちにやらせることに矛盾を感じないわけではなかったが、あの練習や試合できつかったこと、あの時の心の苦しみを知っているからこそ、それを子どもたちに語ることができるのではないかと思った。

幸い、子どもたちは自分についてきてくれた。陸上競技のエリートではないからこそできることがある。長距離走を通して教育ができると思うようになった。

その頃、私生活では朝食前にランニングをしていた。距離は長くなくとも、朝走った後の朝食は格別うまい。「努力していた」というのではなく、心地いいから続けていた。定年が見えてきた頃から、「走り」を「歩き」に代えることにした。あちこちが痛くなり始めたからやむを得ないことだった。代えてみると、「歩き」も楽しいではないか。景色がゆっくり進む。自分の時間が増えたような感覚になる。「歩き」に慣れてくると、競技に取り組んでいた頃、体重を母指球にのせるように意識していたことを思い出す。「走り」が「歩き」に代わっても、母指球に体重をのせることは同じだと納得して、また歩く。温室のガラス窓に映る自分の姿が、心なしかしゃきっと見える。

「陸上競技」。それは、今の私にとっては「見るスポーツ」になっている。マラソンや駅伝の大会がテレビで放映されると知ると、つい見てしまう。走りっぷりも気になるけれど、それ以上に選手が今何を考えているか、それが気になる。画面の向こう側で走っている人の心と画面のこちら側にいる自分の心が対話する。

こんなこともあった。陸上競技の日本選手権が名古屋で行われた年、チケットを求めて家内と瑞穂陸上競技場まで出かけた。現役の選手だった頃、自分も走ったことのある競技場だ。もちろん、日本選手権用に改装されていたので昔の競技場とは違うが、何か自分もあのスタート地点でピストルの音を聞いているような気持ちになった。当時、スタート前はいつもドキドキしていた。しかし、なぜか、「位置について」の声がかかって片膝をつき、両手の指をスタートラインの手前に置いたとたん、心が静まったことを思い出す。

「まな板の上の鯉」だったか。

知らず知らずのうちに貴重な経験をしてきたと思う。

人は皆、それぞれの過去があって現在の場に立っている。私の過去の一つが「陸上競技」である。私と同年以上の方の中には、マスターズ陸上を続けている人もいるし、老いてもなお新たなスポーツに挑戦する人もいるが、私は昔とった杵柄に浸っている。若い人たちからは、「後ろ向きの生活をしているとボケてしまうよ。」と言われるかも知れないけれど、自分の立ち位置で真っすぐ立ち続けることも結構粋なことではないか。

前向きにならずとも、後ろを見ながらも立ち続けること。それが何か心の支えになるならば、それもいい。

相撲に興じる

野球でもサッカーでもない。その男は、相撲が好きだ。

子どもの好きなものが「巨人・大鵬・卵焼き」の時代に育ったから、負けない大鵬が好きだった。

小学校の低学年の頃だったろうか。母が着物を着るときに付ける帯をまわしにして、横綱土俵入りの真似をしていた。土俵入りの姿がかっこよかった。高学年になると「指導会」という名の「相撲大会」があって、選手としてかり出されたこともある。細身の体だったが、町や郡の大会でそこそこ活躍できた。そのこともあって、相撲がますます好きになり、「大きくなったら相撲取りになる」と豪語していた。現実を知ったのは、中学生になってからだ。いくら食べても太らない体質であることを知り、小さい頃からの夢を断念する。

しかし、相撲に対する興味が消えることはなかった。

豊橋で小学校の教員をしていた頃のことである。市の武道場で「すもう大会」があると言うので、子どもたちを引率して大会に参加した。会場へ行ってみると、この大会には小学生の部だけでなく一般の部もあることが分かった。しまってあった相撲への思いがまた湧き出す。

俺もいっちょうやってみるか。

大会役員に聞くと、一般はその場で申し込んでもよいと言う。急遽まわしを借りて参加することにした。トーナメントで何番か取り、あれよあれよというちに勝ち進む。勝ち方はうっちゃりなど力強い取り口ではなかったものの、最後は相撲協会に所属している若い衆にも勝ってしまった。

幸か不幸か、その姿が協会関係者の目に留まり、秋にある青年大会に出ないかと誘われた。もともと興味があったのですぐに快諾。

ただ、真夏の稽古はきつかった。体重六十キロ台の者が、協会に所属している百四十キロを超える人と稽古をする。相手のぷよぷよの肉に力を吸い取られるようで、いくら押しても力が伝わらない。すぐに酸欠状態になった。頭と頭が当たったときには、本当に目の前に星が見えた。もう頭で当たるのはいやだと思っても、協会の会長からは「頭で当たれ。」と言われる。

青年大会当日。団体戦のメンバーになった。私は軽量すぎて、まわしの中にバーベルを入れるように言われたので、指示にしたがって重りを入れて計量した。計量はパス。「これでもいいんだ」と思った。いい時代、いい大会であった。

相撲と言えば、こんなことをしたこともある。

中学校の体育の授業を受け持っていた時のことだ。武道は、学校によって剣道か柔道か相撲を選択して指導する。私は、道具や場所の問題、生徒の状況等を考えて、相撲を取り入れることにした。運動場に土俵をたくさん描いて、勝ち抜き戦で、勝てばどんどん上に行ける。序列は、序の口から横綱まで。もし横綱で負ければ、一気に序の口に戻らなければならないルールにした。子どもたちは、一戦一戦ガチの勝負をした。真冬の運動場で、中学生の体から湯気が立っていたのを思い出す。

ちょうど中学生が荒れていた頃のことである。徒党を組んで校内を歩き回っている生徒もおり、それだけで偉ぶっている者もいた。そんな生徒たちに、少し目先の変わったことをやってみようとして行った授業だった。

日頃おとなしそうな子も、直接身体と身体をぶつけ合って勝負をしてみると、偉ぶっている子より強い場合がある。徒党を組んでいた子たちがどう感じたかは分からないが、本当の力とは何かを感じた生徒もいたのではないかと思う。その昔、力比べは、直接身体をぶつける相撲で決着をつけたものである。勝っても負けても、力を出し切った結果なら両者は納得する。単純明快。それこそが相撲の醍醐味というものだ。

再び相撲にはまりだしたのは、五十歳前後のことである。

県庁に勤めていた頃、七月の県議会が終わると仕事が一段落するので、上司から年休を積極的に取るように促された。そこで、ちょうど県庁横の県体育館で大相撲の名古屋場所が開かれていたので、平日に行ってみることにした。四人用の升席の一席を買おうとしたら、係員から「後で人が来るかも知れませんよ。」と言われたが、構わずチケットを買う。相撲人気が低迷していた頃だったので、運よく相撲が終わるまで升席を独り占めした。隣のビルで同僚があくせくと仕事をしている傍ら、午後から一杯やりながら平日の相撲観戦を楽しんでいることの幸せといったらなかった。以後病み付きになり、時には家内を誘い、時には長女家族と観戦する。コロナが広がる前には、バスツアーで朝稽古を見て、午後は本場所を観戦した。佐渡ケ嶽部屋で元大関琴奨菊をすぐ後ろから見たときは、その太ももの太さにびっくりした。ちょっとした女性の胴まわりより太い。本場所で力士同士が頭で当たるときの音はすごいものだった。あの当たりでは、自分は何度も死んでいる。

それにしても、「相撲」は多様な文化の集合体であると思う。

プロが行う「大相撲」は、スポーツのようでスポーツではない。スポーツのように競技であるという側面があるとともに、神事の側面も持っている。また、「大相撲」には、本場所だけでなく、各地域へ行って行う巡業もあり、今流に言えば一つの興業でもある。相撲部屋の制度も独特の組織である。今は相撲協会があって、その傘下に各相撲部屋がある形になっているが、もともとは、それぞれの相撲部屋が各地で独自に相撲の興行をしていたものを、法人化により協会がとりまとめる形になったのではないかと想像する。もともとの相撲部屋は、サーカス団のようなものだったのではないだろうか。昔はいろいろなサーカス団が地方に興業に来ていた。

歴史あるものを現代の視点だけで見ると誤ることになる。

いずれにしても、その男は相撲から離れられない。今後も、相撲を一つの「文化」として大事にしていってほしいと願っている。

西国三十三所を巡る

「お念仏」は、子どもの頃から時々耳にしてきた。「お念仏」と言っているのは、ご詠歌のことである。私の地区の多くが曹洞宗なので、地区の人たちが言う「お念仏」とは、曹洞宗のご詠歌ということになる。私は新家に出た家の息子のため、その息子が耳にしてきたのは、親戚が集まる法事やお盆のときが多かった。

大人になり父が亡くなってからは、我が家でもご詠歌を詠う機会が増えた。詠っているのは、西国にある三十三のお寺にまつわるものである。機会があれば巡ってみたいと思っていたので、退職を機会に日帰りのバスツアーに参加することにした。

コロナが蔓延する前のことであり、バスの中も結構にぎやかだった。驚いたのは、先達さんが途中でバスに乗り込み、「まず、朝のお勤めをしましょう。」と声をあげると、皆が般若心経を唱え始めたことである。第三者が見ると異様な光景に映ったかも知れないが、そういうものかと思い、私たち夫婦も皆と一緒に唱えた。

大阪府和泉市の施福寺へ参拝したときのことである。

梅雨に入ったばかりの曇り空であった。肌寒かったが、歩き始めるとすぐにそれを忘れた。先達さんやガイドさんが、この寺が三十三所の中で最もきつい場所であると言っていたのを思い出す。約一キロメートルだと言うが、なかなかたどり着けない。「ゆっくり、ゆっくり。」と掛け声を掛けながら登り、三十五分ほどで到着した。

「深山時や　ひばら松原　わけ行けば
　　　　　　槇の尾寺に　駒ぞいさめる」

花山法皇が、桧原松原越えの山道に難儀をされていた。とても施福寺にたどり着けないと思っていると、どこからともなく駒のいななきが聞こえ、大変勇気づけられ無事参拝できたという歌である。実際に歩いてみて少しだけ花山法皇の気持ちが分かった。ちなみに、施福寺は、「巻尾寺」とも言う。仏教の経典を三か所に納めたうち、最後に納めたのがこの寺で、「巻」を「尾」に納めた寺という意味のようだ。この地域では「巻」に「槇」の文字を当てはめており、「槇の尾の寺」となるらしい。

青岸渡寺のある熊野は、「陸の秘境」である。名古屋から休憩を入れて四時間半の行程だった。那智の滝の迫力はすさまじかった。写真や動画ではその迫力はなかなか伝わらない。流れ落ちる滝とその横の岩を合わせて見ていたら、一瞬、岩が上へ登っていくように見えた。錯覚である。熊野の自然は、厚く、重い。

いくつかの寺を巡りながら、先達さんからこんな話も聞いた。

仏像がたくさんあるけれど、今ふうの位で言えば、高い順に一番が如来、二番が阿弥陀、三番が不動明王。身に付けているものや姿もそれにふさわしい格好をしており、座っているときの指の形も、それ相応になっている。なるほどねえ。

京都府の成相寺で閻魔大王を見ていたら、隣の団体のガイドさんがこんなことを言っていたので、ついつい聞き耳を立ててしまった。

人が亡くなった後、その人を天国に送るべきか地獄に落とすべきか、七日ごとに裁判をする。そのときの検事が閻魔さまで、菩薩や如来は弁護士のようなものだ。閻魔さまは、現世の行いの良し悪しをノートに書き出している。これが「閻魔帳」である。父が亡くなったとき、我が家でも七日ごとに親戚が集まっていた。最近はコロナ禍もあって簡略化され、集まりはなくなってしまったが、あの集まりは、そういう意味があったのかと思う。このことに関連したことを何かの本で読んだことがあるが、それによると、七日ごとの集まりは家族だけではいけないと書いてあった。なぜなら、家族は皆、亡くなった人に天国に行ってほしいと願うから公平にはならない。第三者が集まって審判することが大事だと。どうやら、それがあの集まりのようだ。

何気なくやってきたことも、自分の知らないところでつながっている。

コロナの影響で、まだ三十三所には到達していないが、寺を巡ってみると、ご詠歌の歌の内容とその背景がしっくりと心に落ちてくる。今までと同じ日々を過ごしているのに、何か心のざわめきが少なくなっている。

母の死と向き合う

時代に乗っていようといまいと、近親者の死には出会う。母の最期は次のようなものだった。

令和三年、正月二日のこと。コロナ禍にあり、子どもたちの帰省は取りやめとなったが、豊橋にいる妹は午後から我が家に来て、私たちと二時間余り一緒にしゃべった。母も時々うなずいたり口をはさんだりしていた。夕方になって妹が帰り、十五分くらいたった頃だろうか。母に問いかけても反応がよくない。しかもぐったりとしている。「これはまずい」と思い、すぐに救急車を呼んだ。

病院で調べてもらったところ、低血糖発作、敗血症、顆粒菌減少症、腹部大動脈瘤の四つの病名を聞かされ、この一、二日が山であると言う。

点滴治療のおかげでその山は越えたものの、一月十一日の朝、連続テレビ小説を見終えた頃、病院から電話が入る。「心臓の動きが弱くなっています。」と。あわてて二人で病院に向かう。九時過ぎに到着しただろうか。目に飛び込んできたのは、心臓と呼吸の状況を調べる計器が、どれもゼロを示している現実だった。信じられない。まだ顔は温かいぞ。現実が受け入れられず、看護師を呼んで聞いてみた。

「これはどういうことですか。」

看護師からは、「心臓が止まり、自発の呼吸も止まっているということです。」と返ってきた。とすると、これが死んだということなのか。この温かさからすると、自分たちが病院へ向かっている途中で亡くなったものと思われる。無念、誠に無念。そのとき、母はどんな思いであったのだろう。

思えば、九か月前の四月十一日、自宅前の道端で転倒し、大腿骨を折ったことが始まりだった。五十日の入院の後、自宅療養。福祉施設に通いながらの療養だった。夜中に転倒したら元の木阿弥なので、夜は家内と交代で母の隣に寝ることにした。母は自分で排尿をしたがり、ベッドの横のポータブルトイレに何度も向かう。多いときには、一晩で八回。付き添い当番になった日は深夜も眠ることができない。しだいに、私も自律神経の失調が出始め、めまいなどに悩まされる。これはまずいと思い、かかりつけ医に母が眠りやすくなる薬を処方してもらうことにした。秋から冬にかけては、当番の日でも二〜三時間は眠ることができるようになった。

ただ、母は福祉施設へ行くことはずっといやがっていたように思う。世話をする側の事情もあり、デイサービスだけでなくショートステイも時々入れていただいたが、「もうこの旅行（ステイ）はこれで終わりだ。」と、婉曲に断られることも多かった。とは言え、私と家内も仕事があるので、母の思うようには動けなかった。そうこうしているうちに、次第に母の痴呆も進み、年末には要介護4の認定を受ける。母の意思は十分に分かっていたが、こちらの健康も危ぶまれたので、そろそろどこかの施設へ入ってもらわなければと、最寄りの施設を探していた矢先のことだった。

母は常々、先に亡くなった父を看病していたときのことを、「やるだけのことはやってあげたし、思い残すことはない。」と言っていた。その言葉を思い出すたびに、その母に対してそれだけのことをしてあげられただろうかと思う。私たちが共働きだったので、孫三人を育ててくれた。晩年は好きだった生け花を楽しみ、ゆったりとした時間を過ごしていた。新聞広告の裏に書き留めたたくさんの綴りを、私が『追想』という本にして親戚中に配ってあげたときには、とても喜んでくれた。すでに九十歳を過ぎていたと思う。「わしほど幸せ者はいない。」と言っていたことも思い出す。

しかし、最期の最期を思うとき、心が痛くなるときがある。

許してくれ。

救急車で搬送された後、ずっと母の顔に表情はなかったが、ラインの電話回線で孫たちの画像を見せたとき、一瞬目尻を下げにこっとしたように見えた。最期の日のことを思い出すと、心がはち切れそうになることもあるが、今は自分の心の痛みとあの時の笑顔をずっと携え、自分もその日が来るまで生きてゆこうと思う。

寺に出入りする

寺に出入りするようになったのは、退職して三年くらいたった頃、住職から「世話人」をしてほしいと依頼があったからである。退職後の仕事もきりがつき、さしてすることもなかったので引き受けることにした。

私の住んでいる地区の寺は医王寺と言い、曹洞宗の寺である。この寺の新年度は七月から始まる。年度初めに一年間の行事予定表をくれたので見たら、十月の「いなり大祭」前後は忙しそうだが、あとは月に一回くらい顔を出せば良さそうであった。ただ、「世話人」として担当の十番組の名簿を見たとき、心配なことも頭に浮かんだ。子どもの頃から住んでいる地区なのに、家名と実際の場所が結びつかない家が三分の一から半分くらいある。これまでは地域の仕事と無縁の生活をしてきたのでやむを得ないことではあるが、今度はそれを仕事としてやらなければならない。事実上、それが私の地域デビュー戦となった。

一年間やってみると、寺の姿がぼんやりと見えてくる。自分の住んでいる足元が見え、地域の人と寺との関係も見えてくる。そんな中で、医王寺には二つの供養祭があることを改めて知った。

一つは、「伊左衛門・久右衛門供養祭」。もう一つは、「三谷新三郎供養祭」である。

伊左衛門・久右衛門は、江戸時代元禄の頃の人たちである。渥美半島の先端にある当時の中山地区は凶作が続き、困窮を極めていた。五人組は、この状況を何とかしようと協議し、松葉の枝を打ち払って財源にしようと庄屋の伊左衛門と久右衛門に願い出る。それを受けた庄屋たちは承諾し、代官に申し入れることになった。しかし、代官は私欲を優先させ、その申し出を頑なに拒否。そこで両庄屋は、江戸の領主に直接申し出る。庄屋たちの嘆願は領主のもとに届き、許可を得た。落着したかに思えたが、枝や下草だけでは村人の困窮状態を救うことはできず、二人の庄屋は立木の払い下げも許可してほしいと再度死を覚悟して江戸表に出る。その行動が代官の知るところになり、二人は打ち首となった。村民の犠牲となって亡くなった二人は、以後「義民」と呼ばれている。

もう一人の三谷新三郎は、それより時代が下った宝暦年間の人である。

宝暦十三年（一七六三年）、名古屋久屋町在人の新三郎は、知行主であった旗本の清水氏の許しを受け、中山新田の開発に着手する。当時の絵図から察するに、海が相当入り組んだ所を埋め立てていったものと思われる。開発を始めて数年後、作付が可能となったが、借金はかさみ、完成まであと僅かというところで工事は中断することになった。領主は完工を急がせたがどうにもならず、捨地として清水家へ差し出すことに。その後新田工事は清水家出入りの者にゆだねられ、完成に至った。

渥美町史をひもといても、なぜ三谷新三郎が名古屋から来て、この地の新田開発に関わったのかは書かれていない。ただ、今もこの土地の恩恵に浴している人々が多くいるという事実だけが残っている。

寺へ出入りするようになり、供養祭のように寺と地区とを結びつけるものに前よりも思いを馳せるようになったし、私的に関わる部分も多くなった。

父が亡くなってからすでに二十年以上経っている。その頃は私も四十代だったので、寺との関係はまだ他人ごとに近かった。しかし、母の死に出会ったのは六十代後半。寺との関係は随分近いものになった。

寺と人との関係を端的に示すものが、お墓参りである。お墓は彼岸と此岸がつながる唯一の場所でもある。お墓参りは、お骨のある場所へ行って亡くなった人と話をしたいと思うからするのだろう。私の母もそのようにしていた。話をしていくうちに心が安らいでいくのだと思う。こうして、寺と人との関係は密接なものになっていく。

さて。

私はこの先、寺とどんな関わり方をしていくことになるのか。家族の在り方や家の在り方が変わりつつあり、寺との関わり方も変わっていくのかも知れない。悩ましいところである。

考えてもしかたのないことを考えている。

父の来し方を探る

作家の半藤一利が亡くなったというので、彼の書いた『日本のいちばん長い日』という本を購入してみた。昭和二十年八月十五日をめぐる二十四時間を描いたノンフィクションで、歴史の表に現れてこなかった数々の事実を知ることができた。

その本を読み終え、著者の作品リストを眺めていたら、『ソ連が満州に侵攻した夏』という書名に目が留まった。そう言えば、父は私が生まれる前、シベリアへ抑留されていた。そう思うと、無性に読んでみたくなった。

読みながら思ったのは、ソ連が侵攻してきたその時、父はどこにいてどんな心境だったのかということ。そして、その後どこで強制労働をさせられたのか。随分前に亡くなってしまった父のことではあるが、たまらなく知りたくなった。

父は、大正十一年二月、漁師の家の次男として生まれた。二十歳で徴兵され、シベリアに抑留後帰還し、結婚。養子に入った先の連れ合いが亡くなったので家を出る。

その後、私の母と再婚した。したがって、父が戦争で亡くなっていたら今の私はいないし、抑留先の強制労働で死んでいたなら、当然いない。

そんなわけで、久しぶりに父の遺品をさばいてみた。分厚い本があった。表紙に『戦史　遥かなる星　陸軍輜重（しちょう）兵第二十九聯隊』と書いてある。この中に、父が所属していた証があるのではないか。一枚一枚めくっていった。

初めに見つけたのが、「昭和十七年十二月十五日現役名簿」というものである。「上等兵　小川三代次」とあった。昭和十七年に上等兵で招集されたのだと分かった。ページ数の多さに辟易していたとき、見慣れた姿が目に入ってきた。父だ。痩せている。戦争中のものかと思ったが、よく見ると隣に戦友会ののぼりがあった。ああ、これはよく出かけていた戦友会の写真か。そこには、「戦歴」が詳しく記されていた。見たところ、戦後、本人がこの本のために出した原稿のようである。

昭和十七年十二月十五日に入隊。十二月二十六日には名古屋を出発し、二十七日に下関を出港している。同日、朝鮮釜山に上陸。十二月三十日、満州国奉天遼陽へ。戦況が厳しくなってきた昭和十九年二月八日に、部隊は「マリアナ諸島に転進のための部隊」に編成される。『ソ連が満州に侵攻した夏』によると、日本軍の戦況が厳しくなったため、ソ連と対峙していた関東軍の多くが南に送られるようになったとのこと。ところが、父は二月二十日、作戦部隊の編成が完結し遼陽を出発する時、残務整理隊として残留している。ここで生き延びることになる。「上官が残してくれた。」と、本人が話していたことを思い出す。なぜか。

半年後の昭和十九年八月、父は満州国牡丹江省に転属となり、同区の警備に当たる。終戦の八月十五日。ハイラル満州第九十八部隊で駐地警備に当たっており、そこで武装解除され、プハトーに集結される。ソ連のシベリアへ抑留されたのは十一月十日である。「アバサン地区に抑留される。」と書いてある。一緒に収容された二名の名前とともに、「収容所に於いて強制作業に従事す」。そして、昭和二十三年四月十二日、ソ連アバサン地区より帰還。帰還船は、アンシン丸であった。

二十歳で招集され、青春のまっただ中の六年間だった。戦争のことについては多くを語らなかった父だが、生前「俺は、次男だったし、結婚もしていなかったから、死んでもいいと思っていた。」と言っていたのは覚えている。自分の年齢と重ね合わせてみれば、大学生の頃から教員になってあたふたしていた頃である。この言葉をどう受け止め直したらよいだろうか。

調べていくうちに、疑問の糸がほどけていくところと、もつれたままのところが分かってきた。残務整理隊として残れたのは、上官に何かで認められていたからだといようなことも言っていたが、それが何だったのか。南方へ行った人はほとんど死んでしまったから、ここが生死の分かれ目であったことは間違いない。初めに行った遼陽は満州（今の中国東北部）の南東部、次に配属となった牡丹江省はソ連との境界に近いことが分かった。ただ、シベリアのアバサン地区が分からない。本人がアバサンと書いているのだから「アバサン」なのだろうが、いくら調べても分からない。クラスノヤルスク地方のアバカン地区という抑留地はあった。もしかしたら、「アバサン」と聞こえていたのだろうかと思う。もしそのアバカン地区ならば、中央アジアの辺りである。父がどこで強制労働をさせられていたかは今もって不明のままだ。

私が小さい頃だったか、シベリアで強制労働をさせられた時の逸話を聞いたことがある。小便をすると、小便をした途端に凍ってくると言っていた。それじゃあ、小便できんじゃん、と幼な心に思ったものだ。思想教育も行われていたようである。父は共産党の考えに同調するつもりは全くなかったが、生き延びるためソ連共産党の言うことには従っていたと言う。美しいことを述べる共産党と父が見てきた共産党の乖離。

その反動もあってか、父は死ぬまで共産党を嫌っていた。目の前で毎日死んでいく人を見てきたシベリアの三年間。私たち子どもに言えないようなこともあったろう。

戦争が終わってから生まれてきた私たちは、幸せである。

戦前、戦中、戦後の人々の礎に今があることを決して忘れてはならない。そして、渥美半島の先に、国に青春を捧げた一上等兵がいたことも。

東海道五十三次を歩く

教職に就いていた頃は、毎朝出勤前に歩いていた。距離は四キロ弱で、四時半頃から動き出していたから、一年を通してみれば暗い日の方が多かった。退職してからも時間帯や頻度は変わったものの、歩くことは続けている。

そんな折り、一緒に仕事をしていた先輩から、東海道五十三次を走っているという話を聞いた。学生の頃は走ることが仕事のようなものだったが、さすがに今はもうきつい。先輩のまねごとはできそうにない。ただ、歩くことならできそうだと思った。

二人で一緒に歩くか。

そう家内に話すと、思いの他あっさりと了承してくれた。日本橋から三条大橋まで、四百九十二キロ。何回かかるか分からないし、何年かかるかも分からない。思えば、これまで家内とゆっくり話もしてこなかったので、歩きながらいろいろな話ができそうである。あわせて、旧東海道を歩くことで、その地域の歴史や風土、自然も楽しめるのではないかと考えた。

歩くにあたり、ゆるい約束事を二つ決めた。一つは、東京から順に京都方面に向かうこと。もう一つは、そのときの体調や天候により、行けるところまで行って区切りをつけること。したがって、前回歩いたところまでは列車で行き、そこから行けるところまで行くということの繰り返しになる。

関連本を三冊購入し、現地到着までに予習をする。当初から「弥次喜多道中」が念頭にあったので、東海道と言っても旧東海道を歩くことにした。

歩き初めは五月初旬の平日だった。新幹線を使って日本橋に到着したのが午前八時五十五分。いよいよ歩き出す。日本橋も、修学旅行で子どもたちと来たときとは明らかに景色が違って見える。京橋、銀座、新橋と行く。この時間帯では、銀座もウィンドーが開いておらず、物静かである。会社員と思われる人々が足早にオフィスへ向かう。我々二人はそれらの人たちとは逆方向へ、ビルの上ばかりを気にしながら歩く。朝からこの場にふさわしくない二人がいることは自覚しつつも、それが何か嬉しくなった。この日は、寄り道もした。家内が「泉岳寺にも行きたい。」と言うのでやむなし。泉岳寺には赤穂義士の墓がある。四十七士の墓を眺めていると、なぜか涙が出てきた。浅野のことも思うし、私が住んでいる三河の吉良のことも思う。墓の下にある骨を思い、それぞれの家族のことに思いを馳せた。

品川から神奈川宿に向かっていたときのことである。鈴ケ森刑場跡へ行く手前に「涙橋」があった。これは、刑場へ送られる罪人を見送る別れの場所であったという。刑場跡には火炙り台と磔台があり、そのそばに、寺の住職の教えが書いてあった。

「物見遊山のごとき有様嘆かわしき限りなり。心有らば合掌して受刑者の冥福を祈るべし。」

「物見遊山」か。その通りかも知れない。二人で合掌した。

後日、戸塚の宿に向かった。

権太坂にさしかかる。箱根駅伝で選手が走っている権太坂は、今の国道一号線にある坂だと思われる。ゆるゆると登る坂で、ランナーにとってはとても大変だろう。私たち二人が歩いたのは旧東海道の権太坂。東海道の難所と呼ばれただけのことはある。頂上らしき所までなかなかたどり着けない。坂の途中にある高等学校と小学校を通り過ぎた所に、「権太坂」の碑があった。かつて、農夫がこの坂の名前を問われたとき、自分の名前を問われたと思い、「権太」と言ったと記されていた。箱根駅伝を楽しむネタがまた一つ増えた。

冬一月。小田原の宿を目指した。

松並木が続く道を歩く。まさに東海道の雰囲気だ。街道の左、少し下がった所に『鴫立（しぎたつ）庵』があった。風情がある。

こころなき身にもあはれは知られけり
　　鴫立沢の秋の夕暮れ

西行の歌である。高みにある円位堂には、西行法師の座像が安置されていた。結構小さい人だったんだと思う。

昼過ぎ、ラーメン屋に入った。焼豚麺と水餃子を食べる。店の人と話しているうちに、店主の奥さんが名古屋出身ということが分かり、何か親近感を覚えた。伊良湖岬のことは知っていたようで、県外では私たちの出身地を「田原」と言うより、「伊良湖岬の辺り」と言った方が分かってもらいやすいと思った。

「五十三次を歩く」と威勢よく始めた旅も、今、箱根を前にして中断している。コロナのせいにしているが、膝や腰が時々痛み、弱気の虫が出始めている。

それでも、止める決断はしたくない。止めてしまえば「希望」がなくなってしまうような気がする。その男には大きな望みはないけれど、知らない所へ行ってみたい、昔の人が歩いた所をなぞってみたい、地域の自然や文化に触れてみたいという純粋な気持ちはまだ残っている。

ささやかな希望を胸に、体の手入れと頭のリフレッシュに励む。

ゴルフをやめられない

「ゴルフがやめられない」と言う人は、おそらくゴルフが好きでやめられない人であろうが、私の場合はちょっと違う。「ゴルフをやめられない」。「ゴルフが」ではなく「ゴルフを」と言っている。好きでも嫌いでもないけれど、やめられないというくらいのニュアンスである。

ゴルフを始めたのは三十代半ばくらいだった。先輩に誘われて始めたが、コースへ出るのは年に二、三回程度。当時の自分の価値観を振り返ってみると、優先順位の高かったのはゴルフより部活動の指導であった。土曜日、日曜日も大会があったので、ゴルフの練習をすることもコースへ出ることも、二の次か三の次。その頃から、コースへ出た時はその日の反省を次に生かそうと思ってやってきたが、いかんせんそれを生かす機会が少なかった。上手になれるはずがない。四十代、五十代になっても、自分の中にあるゴルフの優先順位は低いままだった。

それではなぜそんな状況の中でも続けてきたのかと言うと、マイペースでできるスポーツだったからだと思う。私は、若い頃陸上競技をやっていたが、これも自分のペースでできるスポーツであった。ゴルフのようにボールを扱うスポーツはあまり得意ではなかったけれど、自分のペースでできるゴルフには、少し魅力を感じていた。仕事の多寡に関係なく、それなりにやればよい。

そんな訳で、ずるずると、まただらだらとやってきたゴルフだが、自分なりに「だから楽しいんだ」という面と、「だからいやになっちゃうんだ」という両面を受け止めながらやってきたつもりである。

新緑の春、芝生の上の空気は格別においしいし、遠くを眺めると、眼球全体がふくらむように感じる。いつも自分の思いどおりになってくれないボールも時には思い通りになってくれることがある。そして、気の合った仲間とコースを回ることは何よりのリフレッシュになる。そんな瞬間、ゴルフっていいなあと思う。

一方、ゴルフは昔からお金のかかる遊びだった。最近では随分安くなったコースもあるが、それでも高いと思う。ゴルフを始めた頃は、ワンプレイ二万円くらいすることも間々あった。さんざんな成績のうえに二万円か。もうやめると何度思ったことか。

心に余裕のない者がやっているから、否定的な思いがいつも頭をもたげて来る。「ゴルフはストレスの連続」だと思う。一〇〇を切ったり切らなかったりを繰り返している私にとっては、まさにストレスの連続である。心の中で、いつも「こんな非生産的なスポーツはやめてやる。」と言い続けてきた。

とは言え、人は不可解な動物である。先に述べたように、いろいろな思いはあったものの、今もいくつかの団体に所属してプレイを続けている。

なぜだろうか。

ゴルフはスコアが出る。スコアが出るから楽しくもあり、そうでなくもある。もし、やめてしまったらどうだろうか。楽しいも楽しくないも、ない。この先、それでよいのかと思う。ゴルフがストレスの連続であることは間違いないが、競争心や向上心がなくなってしまった人はどうなってしまうのだろうか。その方が恐い。もう一つ。年齢とともに人と接触する機会が少なくなっていることを考えると、このままやめてしまったら、社会から取り残されてしまうのではないかという恐怖もある。

そうしてみると、やめることによって起こるリスクを恐れて続けているということかも知れない。

ゴルフも、年数で言えばかれこれ三十年近くやっている。退職後は以前より練習量も増え、少しは上手になったような気がしているが、スコアはやはり一〇〇前後。冷静に考えてみれば、ゴルフを楽しめる時間の方が少なくなってきており、いくら練習しても常時八十台で回るゴルファーになることは難しい気もしている。

それでもこのままでは悔しいから、言い訳だけは考えてある。

「俺は大器晩成」だ。

これからのことは誰にも分からない。ただ、体が動くうちは、年齢に抗いながら「やめない」という弱い心をもってゴルフを続けていく。

「最後の授業」に臨む

いつの頃だったろうか。教科書に「最後の授業」という物語が載っていた。今でもアルザス＝ロレーヌという地名だけは頭に残っている。物語は、フランス領アルザス地方が普仏戦争でプロイセン領となり、ドイツ語しか教えてはいけないことになって、学校の先生が「これが、私のフランス語の最後の授業です。」と言うものである。

私がこの「最後の授業」という言葉を思い出したのは、三十代の頃勤めていた中学校が閉校することになり、その式典で授業をしてほしいと依頼を受けたからである。対象となる子どもたちは、もう四十代後半から五十代前半。現役の頃なら小学校や中学校で授業をしてきたので何とも思わなかっただろうが、退職後は授業から遠ざかっていたため戸惑いがあった。しかし、ここは、閉じていく学校や皆さんにせめてもの恩返しをしなければいけないと思い、引き受けることにした。

「最後の授業」の準備をしていたら、当時のいろいろなことが思い出された。その当時、血の気の多かった私は、赴任した中学校の生徒たちに覇気が見られないことにいらだっていた。

何か突破口はないものか。考えに考え抜いたが、妙案は浮かばなかった。それならば、手始めに自分が取り組んできた陸上競技からやってみるか。力を入れたのは長距離走だった。長距離走は、頑張れば比較的早く成果が見えるようになる。その一方、たとえ能力があっても、地道な練習を続けなければ勝ち続けることはできない。長距離走というのは、人を育てる上でとてもよい教材になるのではないかと考えた。

通常の部活動の合間をぬって取り組み始めたことなので、朝の練習は、通常の部活の朝練（朝の練習）前に行った。今で言うと、教師も子どもも超時間外の取組である。同僚も管理職の方々もよく許してくれたと思う。それより何より、子どもたちがよくついて来てくれた。もしかしたら、子どもたちなりに言いたいことがあったかも知れないが。

そんなことを思ったので、「最後の授業」のテーマは、「今でこそ言える中学校時代」にしようと決めた。教師の立場で「今でこそ言えること」、また中学生だった立場で「今でこそ言えること」を言ってもらおうと思った。

当日は雨上がりで、グラウンドに止めた車のタイヤは泥でぐちゃぐちゃだった。この砕石を敷いた土の上であの子どもたちが走っていたんだと思い出す。

授業前に控室に向かっていると、とある女性と目が合った。小走りでこちらに来たので少しばかり話をする。彼女は現在作家になっている。子どもの頃から感受性の豊かな子だった。作家には、なるべくしてなったのかも知れない。もちろん、名前も顔もすぐ分かった。

その後、教室に入って授業を始める前のこと。とある男性が私に近づいてきて尋ねた。「先生、俺って分かる。」・・・。一生懸命思い出そうとしたが分からない。前日すべてのアルバムに目を通してきたはずなのに思い出せない。申し訳ない。がっかりしていると思うと、一層申し訳なく思った。作家になった子はすぐに思い出せたのに、その子は思い出せない。その子が、三十年経った今でも、自分のことを「先生。」と呼んでくれているのに。ああ申し訳ない。

授業は、当初五十分の予定であったが、先に行われた記念式典が延長したので約三十分で行うことになった。コロナの関係で、教室は間隔を空けながらの配置であったものの、満杯。廊下との境の窓は取り外され、教室の外にもたくさんの人が来てくれた。

授業も佳境に入った頃、中一のとき全国大会に出場した男性に、「子どもの頃言えなかったことを言ってもいいよ。」と振ってみた。彼は、本当に話してもいいのかという表情をしながら、「本当は、全国大会に出られたので満足していて、この後はバスケに力を入れようと思ったけど、先生から『これくらいのことで満足しておらんだろうな。』と言われ、それ以上は言えなかった。」と打ち明けてくれた。若気の至り。

でも聞いてみてよかった。教室に温かい空気が流れている。その空気に酔いしれた。よく育ったものだ。

立派な社会人ばかりだ。地元の農家でバラを栽培する人、スーパーの店長、役所の職員に弁護士、作家。みんな社会の一員としてその役割を担っている。その一人ひとりの成長の入口に、自分が少しだけ関われたことが嬉しかった。

コロナが終息したら、「今でこそ言えること」の続きを語り合おう。今度は一杯やりながら。

地域の仕事に精を出す

本格的に地域と関わるようになったのは、校区長を引き受けてからである。私が住んでいる地区の校区長は、小学校区の区長と言ったところか。上部組織には市役所があり、下部組織には自治会がある。言ってみれば、校区と言うのは市役所の出先機関のようなものであり、二つの自治会を束ねた機関でもある。

校区長を引き受けたものの、当初は言葉が分からなかった。「ファームポンド」「グレーダー」「工区」。校区ではなく「工区」と言う。次第に分かってきたが、どれも農業関係の言葉である。地域一帯が農業地帯なので、農業関係の言葉が多くなるのは当然のことだった。

二年間校区長を務めてみて、感じたことが二つある。

まず、そこには一緒に働くことの喜びがあった。芋の畝づくりから苗植え、そして収穫に至るまで、地域の人たちと一緒になって作業をする。もちろんボランティアだ。活動を通しながら、お互いの仕事のことや人柄も分かってくる。何より、みんなの気持ちが一つになり、お金には代えられないものをいただける。

そして、そこには人のためになれるという喜びがあった。

地域の人たちから様々な要望が上がってくる。そんな時は、まず現場を確認してから、どのようにしてそれをかなえていくかを考える。手持ちの予算の範囲でできることなら簡単だが、多くの場合、市役所に「要望」という形でお願いをする。要望しても、限られた予算の中でなされることなので、順番がつけられて結果を待つのが一般的な手順だ。それでも要望がかない、地域の人たちから感謝の言葉をかけられたときには、「少しは役に立てたかな」と胸をなでおろす。

校区長の仕事が終わったと思ったら、翌年自治会長の役が回って来た。自治会の仕事は地元に直結しているため、こまごましたことが多い。道路の冠水対応や防犯灯の確認、津波や高潮対策として樋門の開閉など、地域に関わることすべてが対象である。仕事をしていくうちに、人口減少と高齢化により、常会長と言われる組の代表者を選ぶ作業が困難になっているという課題や、自治会費を払ってくれない人にどう対応していったらよいかという課題も見えてきた。一朝一夕には解決できない課題なので、当該年度の自治会メンバーや歴代自治会長と相談しながら決めていくことになる。

校区や自治会の仕事を通し、改めて自分の知らないところで動いている人の多さに驚いた。そして、仕事をしていくうちに、何とも言えない満足感を感じるようにもなった。今までに味わったことのない気持ちだった。目に見えないところで地域とつながっているという感覚なのかも知れない。

誰かのためになっていると感じることは、人を元気にさせる。

「時代おくれの男」になりきれず

隔たりと向き合う

「時代おくれの男」になりたい。しかし、「時代おくれの男」になりきれない自分を感じている。

改めて、昭和六十一年河島英五が歌った『時代おくれ』の中にある詞と自分とを比べてみた。阿久悠の作詞である。

一日二杯の酒を飲み
さかなは特にこだわらず
マイクが来たなら　微笑んで
十八番（おはこ）を一つ歌うだけ

妻には涙を見せないで

子供に愚痴を聞かせずに
男の嘆きは　ほろ酔いで
酒場の隅に置いて行く

目立たぬように　はしゃがぬように
似合わぬことは無理をせず
人の心を見つめつづける
時代おくれの男になりたい

歌詞は二番まであるので省略するが、心の中にあるものとの隔たりを感じる。家に帰ってから妻に愚痴をもらしたこともよくあったし、子どもたちには機嫌の悪い父親に気を遣わせてしまった。同僚の中には、自分の仕事を後にして、頼まれたことを先にする人もいたが、自分はなかなかそうなりきれなかった。

「目立たぬように　はしゃがぬように」

「ねたまぬように　あせらぬように」か。

どれも心に言い聞かせてきたつもりではあるが、結果として目立ってしまったこともあったし、ねたんでしまうこともあった。若い頃は、心のどこかにいつもあせりの気持ちがあったことも確かだ。ただ、

「似合わぬことは無理をせず 人の心を見つめつづける 時代おくれの男になりたい」。

歌の世界にあるその男は、何とも粋な男だ。そんな男にはなりきれないが、せめてそうなりたいと思う。

「隔たり」と向き合っている。

天に則る

若い頃から、「生き方」については何か気になっていたので、書店で「生きる」の文字を見付けると、ついつい手にとって読んでいた。それは、「生き方」のヒントを得たいというよりも、何か心の安らぎを得たかったからだろうと思う。

高齢者と呼ばれるようになり、客観的に見れば「時代おくれの男」となった今、改めて「生き方」や「日々のくらし」を振り返っている。その中で思うことがある。人は高齢になると、なぜ昔のことを何度でも口にするのだろうか。想像するに、人生という枠の中で、生きてきた時間（昔）の方が長くなってしまったことが考えられる。私の母の場合もそうだった。

こんなことを言っていた人を思い出す。何歳になっても「前を向いて生きろ。」と言うが、高齢の人が前を見れば、前には「死」しかないではないか。ならば、時には後ろを向いてもいいじゃないか。

高齢者の多くが、このような気持ちで昔のことを語っているのかどうかは分からない。後ろを見ながら時々前を見る。足元を踏み外さないようにゆっくりと前に進む。それで十分である。

そうしてみれば、「時代おくれの男」には、ありのままがふさわしいと思う。こんなありのままもいいではないか。

自分の心に正直に生きる。仕事があった頃は、そうありたくてもできなかった。仕事は生活の糧でもあったので、自分を偽り心に負担をかけてきたこともあった。しかし、今からなら誰に憚ることなくそれができる。自分に正直に生きるがいい。弱音を吐く。人前で弱音を吐きたくなかった。それが良かったのかどうかは分からない。ただ、妻には時々弱音を吐いた。晩酌が進むと、いつも以上に弱気になったり、言葉数が多くなったりした。酔っ払いに付き合い続けてくれた妻には生涯頭が上がらない。これからは、酒の力を借りずとも、弱音を吐くがいい。

時々笑う。人は、「年老いたからこそ、毎日をポジティブに考え、笑顔で過ごしましょう。」と言うが、そんなに笑えるだろうか。わざと笑おうとすると逆に疲れる。時々笑うのがいい。教職に就いていた頃、単身赴任をした時期があった。一週間に一度家に帰り、次の一週間に向けてアパートへ出かける前、テレビの「新喜劇」を見るようになった。毎週、同じようなバカなことをしているのに、ついつい笑ってしまう。その番組を見た後は、なぜか「来週もがんばるぞ」という気持ちになった。意味のないことでもいいのだ。時々笑うがいい。

いつ死んでもいいように生きる。子どもたち三人は嫁ぎ、それぞれ世帯をもった。三人とも子どもはいる。人生のことなのでこの先どうなるかは分からないが、心配してももう自分の出る幕は限られている。なるようにしかならないだろう。この本が、自分にとって最後の本になるかも知れないし、そうでないかも知れない。いつ死んでもいいように生きていくがいい。

その男がふと思うのは、夏目漱石の『則天去私』という言葉である。夏目漱石の最晩年の言葉だ。小さな私を去って、自然にゆだねて生きること。漱石でもその境地には至らなかったそうだ。凡人である私がその境地に立てるとはとても思えないが、自然にゆだねて生きるくらいなら私でもできるかも知れない。

縁側に出てみると、どこからかトントンと音が聞こえてきた。家の修繕でもしているのだろうか。耳を澄ませていると遠くからウグイスの声。上手な鳴き方だ。青空の向こうには入道雲になりかけた雲が西へ移動していくのが見える。草花が重い空気と一緒に運んでくる匂いはまさに初夏の匂いそのものだ。

これがいい。

『天に則る』

あとがき

教職に就いていた頃、子どもたちや同僚、保護者の方々に自分の思いをいろいろな形で発信してきた。仕事柄、口頭で発信することが多かったが、時には文字で発信することもあった。ただ、心で思っていても口に出せないこともあったし、立場上発信してはいけないこともあった。

どこかで本音を言ってみたい。素直な気持ちを吐き出してみたい。

そう思ったとき、無性に何かを書きたくなった。どんな形でそれを表そうかと考えていたとき、ふと思った。現役の仕事を終えてこのようなことを考えていること自体、すでに時代におくれた人の考えることではないか。客観的に見れば、間違いなく時代おくれの人になっている。

そう思い至るのと同時に、その昔、河島英五が歌っていた『時代おくれ』の歌詞が蘇ってきた。当時、何かが心に響いていたことを思い出す。あの歌詞の中にある男は、今思えば結構粋な男じゃないか。

気づいたとき、『時代おくれの男』を正面から受け入れようと思った。「自虐的だ。」

と言う人もいるかも知れないが、そうではない。新しい分野を切り開いていくときには、年寄りの智恵が必要なときもある。時代の先端ばかりに目がいっている今だからこそ、『時代おくれの男』の価値観も必要ではないかと思った。タイトルを表題のようにしたのは、以上のような経緯からである。

どこにでもいる男の「死生観」や「社会観」「教育観」を勝手に述べてみた。「教育観」が入っているのは、人生の大半の時間がこの活動に占められていたからである。そして、その男の「日々のくらし」についてもありのままを書いてみた。その男の「考え」と実際の「くらし」。双方を通して何かを感じていただけたらありがたい。

編集・出版に当たっては、表紙の絵を同級生の藤城信幸君に描いていただき、校正を妻眞知子に手伝ってもらった。心から感謝したい。

渥美の自宅にて　　小川　悟

〈引用・参考文献〉

『無常という事』小林秀雄　角川文庫
『三太郎の日記』阿部次郎　角川選書
『粗にして野だが卑ではない石田禮助の生涯』
　城山三郎　文芸春秋
『週刊 名将の決断』童門冬二　朝日新聞出版
『死の講義』橋爪大三郎　ダイヤモンド社
『全文毛筆書き・解釈付　般若心経』石田行雲　友愛美術社
『零の発見』吉田洋一　岩波新書
『甘えの構造』土居健郎　弘文堂
『菊と刀 日本文化の型』ルース・ベネディクト　社会思想社
『祖国とは国語』藤原正彦　新潮文庫
『内外教育6630号』岩井忠彦　時事通信社
『内外教育6600号』斎藤剛史　時事通信社
『教育羅針盤4集』豊橋市教育委員会
『蝉しぐれ』藤沢周平　文春文庫
『花のあと』藤沢周平　文春文庫
『橋ものがたり』藤沢周平　新潮文庫
『蜩ノ記』葉室麟　祥伝社
『霖雨』葉室麟　PHP研究所
『渥美町史』渥美町史編さん委員会　渥美町
『日本のいちばん長い日』半藤一利　文春文庫
『ソ連が満州に侵攻した夏』半藤一利　文春文庫

小川　悟（おがわ さとる）
昭和 29（1954）年 愛知県渥美郡渥美町（現田原市）生まれ。
愛知教育大学卒業。
碧南市、豊橋市、田原市、岡崎市で教職に携わる。
田原市で小中学校長。
退職後は、自治会・校区・寺の仕事に従事する。
著書に『潮騒のささやき』平成 30（2018）年、
『白秋の記』令和 2（2020）年がある。

「時代おくれの男」

2022 年 2 月 23 日　第 1 刷発行
著　　者　小川　悟
発 行 者　山本　真一
発行印刷　シンプリブックス（株式会社シンプリ内）
〒 442-0821 愛知県豊川市当古町西新井 23 番地の 3
電　　話　0533-75-6301
制　　作　株式会社シンプリ

ISBN978-4-908745-13-3